내 영혼의 우물

도서출판 아시아에서는 《바이링궐 에디션 한국 대표 소설》을 기획하여 한국의 우수한 문학을 주제별로 엄선해 국내외 독자들에게 소개합니다. 이 기획은 국내외 우수한 번역가들이 참여하여 원작의 품격을 최대한 살렸습니다. 문학을 통해 아시아의 정체성과 가치를 살피는 데 주력해 온 도서출판 아시아는 한국인의 삶을 넓고 깊게 이해하는 데 이 기획이 기여하기를 기대합니다.

Asia Publishers presents some of the very best modern Korean literature to readers worldwide through its new Korean literature series 〈Bilingual Edition Modern Korean Literature〉. We are proud and happy to offer it in the most authoritative translation by renowned translators of Korean literature. We hope that this series helps to build solid bridges between citizens of the world and Koreans through a rich in-depth understanding of Korea.

바이링궐 에디션 한국 대표 소설 042

Bi-lingual Edition Modern Korean Literature 042

A Well in My Soul

최인석

내 영혼의 우물

Choi In-seok

ASIA PUBLISHERS

Contents

내 영혼의 우물

A Well in My Soul

1

등 뒤로 쩌릉, 쇳소리를 내며 감방문이 닫혔습니다. 이번이 네 번째입니다. 그 소리를 들을 때마다 규식은 그와 저 바깥의 세계가 칼질당하여 절단되는 것처럼 느껴집니다. 밖에서는 지니고 살던 두툼한 꼬리 같은 것이 졸지에 잘려버리는 것 같다고나 할까요. 어차피 그에게는 자유란 그런 꼬리 나부랭이에 불과한 것이었는지도 모릅니다. 이제 3년 동안 그는 사람이 아니라 칼질당한 하나의 고깃점이 되어 살아가야 합니다.

그는 어둠침침하고 좁은 감방 안을 재빨리 둘러보았

1

The cell door shut with a clang behind Gyu-sik. This was his fourth time in prison. Whenever he heard that sound, he felt as if a knife was cutting him off from the outside world. It was as if a thick tail that had once been a part of his body was suddenly being lopped off. His freedom felt as if it was as trivial as a tail. For the next three years, he would have to live like a piece of meat, trimmed and cut in this cell.

Gyu-sik looked around the small, dusky cell. There were eight other cellmates. One glance at

습니다. 여덟 명. 누가 감방장이고, 누가 배식반장인지, 누가 범털이고 개털인지는 한눈에 대강 파악이 되었습니다. 방 안 살림살이가 궁짜가 낀 것 같지는 않았습니다. 그렇다면, 일단 이번 징역살이 운은 좋은 셈입니다. 규식은 초짜가 아닙니다. 감방 식구들에게 그 점을 보여주기 위해서 그는 문 앞에 비스듬히 서서 신고를 했습니다.

「절도. 3년, 별은 넷, 2519번 박규식입니다. 앞으로 잘 부탁드립니다.」

배식반장도 그가 초짜가 아니라는 것을 한눈에 알아보았습니다.

「저기 뺑키통 옆으로 찌그러져.」

새파란 녀석이 반말이었습니다. 그러나, 그는 개의치 않았습니다. 배식반장에게는 고참으로서 그럴 권리가 있습니다. 배식반장의 권한은 막강합니다. 이 방 식구들의 입으로 들어가는 모든 음식이 바로 그의 손을 통해서 분배되는 까닭입니다. 규식은 반 토막짜리 문으로 가려진 뒷간 옆으로 가서 앉았습니다.

그는 인사라도 나누기 위해 옆에 앉은 사람을 쳐다보았습니다. 옆 사람이 달고 있는 수번(囚番)을 보고 규식

each of them, and he knew who was the Chief, the Food Chief, the Tiger Hair, and the Dog Hair. The cell didn't look too run down. Gyu-sik must have been lucky this time. In order to make sure his cellmates understood that this wasn't his first time in prison, Gyu-sik reported to them, standing to the side in front of the cell door.

"Grand larceny. Three years, four stars, and No. 2519! My name is Park Gyu-sik. It's nice to meet you."

The Food Chief immediately recognized that Gyu-sik was not new to this.

"Sit your ass next to the can!"

The Food Chief looked young, but he used informal speech. Gyu-sik didn't care. The Food Chief deserved respect. Usually, Food Chiefs had great power because they distributed food among the cellmates. Gyu-sik went to the side of the half door in front of the toilet and sat down.

He looked at the inmate sitting beside him to say hello. Gyu-sik was surprised at his number. It was 297, a three-digit number. That meant that he was a long-term prisoner. But, they had pushed him into this corner next to the can! Gyu-sik was nearly outraged. There was such a thing as prison eti-

은 깜짝 놀랐습니다. 아니, 거의 분노를 느꼈습니다. 그 사람의 수번은 297번, 세 자리 수였던 것입니다. 그것은 장기수의 수번입니다. 감방에도 예의가 있는 법입니다. 장기수를 대접해주는 것은 그중에서도 기본적인 예의입니다. 그런데, 장기수를 뺑키통 옆에 처박다니요? 이 방 녀석들이 이런 예의도 모르는 자들이라면 이번 징역살이는 편할 리가 없습니다. 세상을 둥글둥글 살아가라는 말이 있지만, 징역살이야말로 그렇게 살아야 하는 법입니다.

그러나, 그 장기수의 얼굴을 본 순간, 규식은 다시 한 번 놀라지 않을 수 없었습니다. 어디선가 본 적이 있는 얼굴이었던 것입니다. 어디에서 어떻게 만난 적이 있는 사람인지는 기억이 나지 않았습니다. 그러나, 본 적이 있는 사람이라는 것만은 분명했습니다. 그 사람은 규식을 알아보지 못하는 듯했습니다. 그것은 어쩌면 섭섭한 일이기도 했지만 어쩌면 다행일지도 모릅니다. 도둑질을 업으로 세상을 살다보면 그렇게 됩니다. 아는 얼굴, 특히 어디에서 만났는지 기억나지 않는 얼굴을 마주치는 것이 무섭습니다. 도둑질하러 들어갔다가 만난 사람일지도 모르니까요. 이런 경우, 확실한 기억이 날 때까

quette. Paying respect to a long-term prisoner was one of its most basic rules. If his cellmates didn't know this basic rule, then his days in this cell didn't seem too promising. People said it was better to take things as they came. This was especially true of life in prison.

297 looked familiar. Gyu-sik was surprised. He couldn't remember where and when he met the guy, but he was sure that he had met him before. He didn't look as if he recognized Gyu-sik. Gyu-sik could have felt upset about this, but also knew that it might be better this way. That was usually the case when you were a professional thief. He was afraid of meeting familiar faces, especially when he could not remember where he had seen them. The person could have been someone Gyu-sik had met while he was burglarizing. When he couldn't remember, then it was usually safe for him not to let on until he could remember, that is until he could be sure that the person wasn't one of his victims. Gyu-sik carefully offered his hand to 297 and examined his face. Gyu-sik searched the faces in his mind, his memories as disorganized as the inside of an adulteress's house. Gyu-sik repeated himself, "Nice to meet you, sir. My name is Park

지, 그리하여 그 사람이 자신의 도둑질의 피해자가 아니라는 것이 확실해질 때까지는 모르는 척해 두는 편이 낫습니다. 규식은 조심조심 그에게 손을 내밀며, 눈으로는 그 사람 얼굴을 찬찬히 뜯어보며, 머릿속으로는 바람난 년 살림살이같이 어지러운 까마득한 세월 저편의 기억까지 몽땅 뒤엎어놓고 분주히 뒤적거리며 자신의 이름을 반복했습니다.

「처음 뵙겠습니다. 박규식이라고 합니다.」

그 사람이 고개를 꺾어 규식을 쳐다보았습니다. 그 사람은 규식의 손을 마주잡을 뿐, 입은 열지 않았습니다. 작고 가는 몸집, 기름기 하나 없이 비쩍 마른 얼굴, 커다란 눈과 뭉툭 솟은 큼지막한 코. 왠지 코를 찡긋거리는 듯한 인상이었습니다. 분명히 본 적이 있는 얼굴이었습니다. 어디서였는지 다시 한 번 기억 속을 더듬어 보았지만, 걸리는 것이 없었습니다. 아마 나이는 서른을 좀 넘겼을 것입니다. 규식과 비슷한 연배인 셈입니다. 그 사람은 이미 규식에게서 고개를 돌려 맞은편 벽면을 우두커니 쳐다보고 있었습니다. 그의 옆얼굴을 바라보는 동안 규식은 왠지 가슴이 서늘해지는 느낌이었습니다. 본능적으로 경계심이 온몸의 피부에 소름처럼 뒤덮여

Gyu-sik."

The man turned to look at Gyu-sik. Although he took Gyu-sik's hand, he said nothing. He had a small, slender body, a skeletal face, big eyes, and a high and stub nose. For some reason, he looked as if he was constantly wrinkling his nose. Gyu-sik was sure he'd seen this guy somewhere. He ran through his memories again, but nothing came up. He looked a little over thirty. Probably about the same age as Gyu-sik. The man had already turned around and was now staring at the wall. Looking at his profile, Gyu-sik felt a chill passing through his chest for reasons he could not understand. He felt goose bumps and an instinctive sense of self-defense overwhelming his body.

At that moment, a voice beside him said, "Don't worry, Brother."

He was a man of about fifty years old, wearing gold-rimmed glasses. No. 3958. He was the person whom Gyu-sik recognized as Tiger Hair at first glance. He smiled generously. But, Brother? Then, he must be a Christian. Gyu-sik felt suspicious. A Tiger Hair who was also a Christian? That was a strange combination.

"John the Baptist went to prison. Jesus went to

왔습니다.

그때, 옆에서 인기척과 함께 목소리가 들려왔습니다.

「너무 걱정 말아요, 형제.」

금테 안경을 쓴 나이가 오십쯤 되어 보이는 사람이었습니다. 3958번. 규식이 한눈에 범털일 것이라고 알아본 사람이 바로 그였습니다. 그는 인심 후한 웃음을 얼굴 가득 떠올리고 있었습니다. 그러나, 형제? 그렇다면, 이 사람은 기독교도입니다. 의구심이 들었습니다. 범털에다가 기독교도라. 그것은 잘 어울리지 않는 짝이었던 것입니다.

「세례 요한도 감옥살이를 했습니다. 예수 그리스도도 감옥에 갇혔다가 처형당했습니다. 이곳도 사람 사는 곳입니다. 우리는 모두 형젭니다.」

미끈미끈, 그의 목구멍에서는 말이 잘도 넘어왔습니다. 말 잘하고 붙임성 좋은 놈은 일단 의심하고 보는 것이 규식의 버릇입니다. 왜냐하면, 규식은 말도 잘 못하고, 붙임성도 별로 좋지 못하니까요.

「297번은 신경 쓰지 말아요. 병잡니다. 그래 봬도 살인이에요. 벌써 징역살이가 8년째랍니다.」

하면서 기독교도는 손가락으로 관자놀이 옆에 동그라

prison, too, and then he was executed. Just because this is prison doesn't mean human beings don't live here. We are all brothers."

He was very slick. Gyu-sik had a habit of distrusting those who spoke well and were too friendly. Gyu-sik didn't speak well, and he wasn't too sociable, either.

"Don't worry about No. 297. He is ill. You wouldn't know by his appearance, but he's a murderer. He's already been in prison for eight years."

The Tiger Hair made the crazy sign next to his temple. Gyu-sik looked at No. 297 again. A faint smile seemed to appear briefly on his lips.

"There are many psychos in this room. That Dung Star is a psycho, too."

The young man called "Dung Star" was No. 4624. He was darning his socks. He looked up and stared at the Christian, his eyes full of hatred. The Tiger Hair noticed it, and laughed.

"Look at those eyes," The Tiger Hair said, "Doesn't he look like a psycho? Son-of-a-bitch, what is he going to do staring at me? Geez, I guess I'll just have to let it go, since he is a psycho. Jesus Christ said that we must forgive seventy times seven times. Damn! I'm waiting until I pass seventy times

미를 몇 번 그렸습니다. 머리가 돌았다는 뜻입니다. 규식은 다시 한 번 297번을 쳐다보았습니다. 그의 입술에 얼핏, 웃음 같은 것이 떠올랐다가 사라지는 것 같았습니다.

「이 방엔 정신병자가 많아요. 저 똥별도 정신병잡니다.」

똥별이라고 불린 젊은이의 수번은 4624번이었습니다. 구멍 난 양말을 꿰매고 있던 그는 고개를 들어 적의에 찬 눈으로 기독교도를 노려보았습니다. 그 눈을 발견한 기독교도는 흐으, 웃어대며 말했습니다.

「저 눈깔 굴리는 것 좀 봐요. 틀림없이 미친놈이지요? 개새끼, 지가 노려보면 어쩌겠다는 건지, 참. 미친놈이니 내가 참아야지요. 예수 그리스도가 말씀하셨답니다. 일곱 번씩 일흔 번을 참으라구요. 젠장. 난 지금 일곱 번씩 일흔 번을 넘기기만 기다리는 중입니다. 저 새끼를 한번 혼내주기 전에는 난 법무부 장관이 출감을 하래도 안 할 겁니다.」

제법 화가 나서 씩씩거리는 품으로 보면 그 기독교도는 기독교도가 아닌 것 같았습니다. 하기야 기독교도도 화를 낼 수야 있을 겁니다. 하지만, 그가 쏟아 내놓는 말

seven times. I won't leave prison before I teach that son-of-a-bitch a lesson. I won't even leave until I do that even if the minister of law orders me to."

The way he was angry, the Christian Tiger Hair didn't look like a real Christian. Of course, a Christian could get angry. But the way he talked was far from the kind of stern, pious talk of most Christians.

"There's another psycho. That guy's a little crazy, too."

The Christian pointed at a young man. He looked about twenty-eight. His number was 2689. He didn't even look in Gyu-sik's direction. He was completely engrossed as he unwound a thread from a towel for No. 4624, who was darning a sock next to him.

"He claims that everyone outside prison deserve to die, including his mother, father, wife, and children. I'm glad I'm in prison. If I were outside, he might have killed me."

The Christian laughed. Gyu-sik thought he might be the psycho. Especially since he claimed that everyone else was one.

"Let's stop talking about psychos. Anyway, just know that the three of us, the Chief, the Food

씨는 기독교도 특유의 경직된 경건함과는 거리가 멀었습니다.

「미친놈은 또 있어요. 저 자식도 살큼 돌았지요.」

이번에 기독교도가 가리킨 사람도 역시 젊은 친구였습니다. 나이가 스물여덟쯤으로 보이는 젊은이로 수번은 2689번이었습니다. 그는 아예 이쪽은 쳐다보지도 않은 채 타월에서 실을 뽑아 옆에서 양말을 꿰매는 4624번에게 건네주는 일에만 열심이었습니다.

「교도소 밖에 있는 사람은 다 죽일 놈이래요. 제 에미 애비에다 마누라하고 새끼까지요. 교도소에 들어오기를 참 잘했어요. 밖에 있었더라면 나까지 저 자식한테 죽을 뻔했다니까요.」

기독교도는 저 혼자 흐으흐으, 웃어댔습니다. 오히려 미친놈은 이 기독교도가 아닌가, 하는 생각이 들었습니다. 이 사람 저 사람을 모두 미쳤다고 하니 말입니다.

「미친놈들 얘긴 그만둡시다. 아무튼 이 방에 정상인은 우리 감방장님하고 배식반장하고 나 정도라고 알아두면 됩니다. 보아 하니 형제도 미친 사람은 아닌 것 같아 그나마 다행입니다.」

나머지 두 사람은 늙은이들이었습니다. 그들은 기독

Chief, and I, are the only normal people in this cell. You don't look like a crazy person, either, thank goodness."

The remaining two people were old men. They weren't paying attention to the Christian's words, engrossed in the *paduk* board in front of them. The old man holding a black stone said, "Whatever! I'll cut it. That'll be easier."

"Fine, I'll cut mine, too. That's easier."

The two old men were both thieves. There were always more thieves in a cell than any other kinds of criminals. It looked like there was only one crook, a fraud. The Christian was most likely a fraud. Gyu-sik's first impression that he was a Tiger Hair might have been wrong. It was probably best for him to try not to let the Christian defraud him. Usually, the more competent the crook, the more like a Tiger Hair he would look.

"Let's rely on our Lord Jesus and live peacefully and pleasantly. Isn't killing time the most important thing in prison? It's much easier if you meet Jesus Christ like I did. I'll help you, young man."

Gyu-sik had to live here for three years. This room was not a prison cell but a room where he had to live for three years. He wasn't in a hurry. He

교도가 하는 말을 듣는 둥 마는 둥, 바둑판만 들여다보고 있었습니다. 흑을 쥔 늙은이가 말했습니다.

「에라, 잘라버리자. 그게 편켔다.」

「에라, 맞끊고 보자. 그게 편켔다.」

그 두 늙은이는 각기 절도였습니다. 역시 감방에는 절도범이 가장 많습니다. 이 방에는 접시꾼, 즉 사기범은 한 명뿐인 것 같았습니다. 기독교도는 십중팔구 접시꾼일 것입니다. 어쩌면 규식이 그를 범털이라고 생각한 것은 착각이었는지도 모릅니다. 사기나 당하지 않도록 조심하는 게 좋을 것 같았습니다. 유능한 접시꾼일수록 범털처럼 보이는 법입니다.

「우리 예수님께 의지하여 평화롭고 즐겁게 살아봅시다. 징역살이야 시간 깨는 게 제일 아닙니까. 징역에서 나처럼 예수 그리스도를 만날 수 있게 되면 더욱 좋은 일이구요. 내가 도와드리지요, 젊은 양반.」

규식은 3년을 이곳에서 살아야 합니다. 이곳은 이제 그에게는 감방이 아니라 3년 동안 그가 살 방입니다. 조급하게 굴어서는 안 됩니다. 주인 없는 저택을 낮털이 할 때처럼 마음을 느긋하게 먹어야 합니다. 그는 대한민국 법무부와 3년 동안의 전세 계약을 체결한 것입니

had to take it easy, as if he was burglarizing an empty house during the daytime. He had just made a contract with the Department of Justice of the Republic of Korea to lease this room for three years. His trial was a part of that procedure. By committing a crime, he met the requirement to become the tenant of the room. The authorities in the Justice Department were his real estate agents.

The Christian kept chattering.

"What is the outside world anyway? It is a prison. We were all born into this prison of a world after God sentenced us to death. But we believers are lucky, because we can go to heaven after we are released from this prison. We will live forever. There will be no money. With no money there will be no crime. No larceny, robbery, or rape. We have two water-gun robbers in this room. But if we have money, then we'll have women. If we have women, why would we become water-gun robbers? If there is no money, then we cannot commit any crimes, no matter how bad we are. What a wonderful world. What a wonderful world it would be, if we could live without committing any crimes! Once we get out of this prison, such a world exists. I will go to that world and live there forever."

다. 재판은 그 계약을 위한 절차였습니다. 그는 범죄를 저지름으로써 이 방에 입주할 자격 요건을 획득하였고, 그리하여 사법 당국을 부동산 업자로 내세워서 법무부와 계약을 체결하였으며, 마침내 이 방에 입주한 것입니다. 기독교도는 계속해서 떠들어대고 있었습니다.

「세상이라는 게 별겁니까? 교도솝니다. 우린 모두 하나님한테서 사형을 선고받고 이 세상이라는 교도소에 태어나는 겁니다. 그렇지만, 참 다행이지요. 이 교도소에서 출감하면 신앙인은 다 천국에 올라갈 수 있으니까요. 영원히 삽니다. 돈이라는 것도 없어요. 돈이 없으니 당연히 절도니 강도니 강간이니 하는 범죄도 없겠지요. 이 방 안에도 물총강도가 두 명이나 있지만, 주머니에 돈 있으면 여자 있는 것이고, 여자 있으면 누가 물총강도 합니까? 돈이 없으면 우리가 아무리 나쁜 놈들이라고 해도 죄를 지을 수 없을 거 아닙니까. 참 좋은 세상이지요. 죄 안 짓고 살 수 있다니, 그 얼마나 좋은 세상입니까. 이 교도소에서만 벗어나면 저 밖에는 그런 세상이 있다는 겁니다. 난 꼭 그 세상에 가서 살 겁니다.」

기독교도는 거기에서 잠시 말을 중단하더니 방 안 전체에 대고 큰 소리로 말했습니다.

The Christian stopped and then yelled toward everyone in the room, "Dear Brothers, let us pray for Brother Park, our new cellmate!"

The two old men bowed over their *paduk* board and closed their eyes. Everyone else did the same. Even the Food Chief bowed and closed his eyes. Only the Chief leaning against the wall and leisurely flipped through a tabloid. Gyu-sik hastily closed his eyes, too. The Christian began to pray in the pious voice of Christians.

"Dear God, Our Father, please guide our Brother Park, our new cellmate to the life of a believ-." The Christian's prayer abruptly stopped.

"You! You son-of-a-bitch! You don't think you should close your eyes?" Surprised, Gyu-sik opened his eyes. The Christian was cursing. He was glaring and yelling at Dung Star in a voice not pious at all.

「형제 여러분, 우리 새로 들어오신 박 형제를 위해 기도합시다.」

두 늙은이는 바둑판 앞에 고개를 숙인 채 눈을 감았습니다. 다들 마찬가지였습니다. 배식반장까지 고개를 숙이고 눈을 감았습니다. 감방장만이 느른하게 벽에 기대고 누워 주간지를 뒤적이고 있었습니다. 규식도 얼결에 눈을 감았습니다. 기독교도는 신자들 특유의 경건한 어조로 기도를 시작했습니다.

「아버지 하나님, 오늘 새로 오신 박 형제를 신앙으로 인도하여 주소…….」

그러나, 그 경건한 기도는 돌연 야비한 욕설로 잘려 나갔습니다.

「야 이 씨발놈아, 너 눈 안 감아?」

규식은 깜짝 놀라 눈을 떴습니다. 욕을 하는 사람은 기독교도였습니다. 그는 전혀 경건하지 않은 어조로 똥별에게 눈을 부라리며 고함을 질러대고 있었습니다.

2

감방장 정태선은 강도 강간범, 세상에서 흔히 가정파

2

Chief Jeong Tae-seon was a rapist and burglar, sentenced to seven years after committing the crime of "home-wrecking." He was a large, muscular man. His arms were as thick as ordinary people's thighs. A native of Jeong-eup, he was introduced as the "Bandit of the Gal Pass."

"If it were the old days, I could live OK just sitting around with a rusty knife under my shoulder in the shade of a pine tree on the Gal Pass. I'd take a nap and wake up and rob the pockets of peddlers or monks passing by. I'm only in prison because I was born in the wrong time. Hell! I miss Cheongseok-gol. I miss Big Brother Kkeok-jeong!"

Chief Jeong Tae-seon was the foreman for the building and repairs department. He rarely worked, though. His work mainly consisted of giggling and chatting with prison guards. When the work was over and we returned to our cells, he just lay down and flipped through grimy old tabloids, killing time until bedtime. But that wasn't all he did. He sold cigarettes. You wouldn't know how and from whom he got them. Most likely, a prison guard secretly provided him with the cigarettes. He kept it a

괴범이라고 하는 범죄를 저지르고 징역 7년을 선고받은 사람이었습니다. 덩치가 우람하고 기운이 장사였습니다. 팔이 보통 사람의 허벅지 정도의 굵기였습니다. 고향이 정읍이라는 그는 자칭 갈재 산적이었습니다.

「옛날 같았다면 내가 녹슨 칼 하나 둘러메고 갈재 소나무 그늘에 주저앉아서 졸다 깨다 하다가 심심하면 지나가는 장꾼들이나 중놈들 주머니나 슬슬 털어먹어도 굶어죽지는 않았을 거 아니냐. 내가 시절을 잘못 만나서 이런 징역살이를 하고 있는 거여. 아이고 야야, 청석골이 그립다. 꺽정이 형님이 그리워.」

그는 영선반의 작업반장이기도 합니다. 그가 직접 작업을 하는 일은 드뭅니다. 그는 주로 교도관이나 지도와 히히덕거리며 잡담이나 하는 것이 일입니다. 작업이 끝나 감방으로 돌아오면 그대로 고스란히 드러누워서 손때가 꼬질꼬질한 주간지를 뒤적이는 것으로 취침 때까지 시간을 죽입니다. 그러나, 그가 잡담이나 하고 주간지나 뒤적이는 것은 결코 아닙니다. 그는 담배 장사를 합니다. 어떻게 하는지, 누구와 손을 잡고 하는지는 알 수가 없는 일입니다. 아마 틀림없이 어떤 교도관하고 비밀리에 줄이 닿아 있을 것이요, 그 교도관과는 작

secret by pretending not to know this guard even when he passed by him. Also, he must have worked with an inmate errand-boy or a supervisor.

Chief Jeong Tae-seon loved to smoke. Thanks to him, all of his cellmates enjoyed smoking. Whenever Chief Jeong Tae-seon wanted to smoke, he had Food Chief Han Gyu-il light two cigarettes. He took one and smoked half of it, and handed the rest to Han. Han took that stub and smoked it with great relish. Then he handed it to No. 297, No. 297 to No. 4624 Dung Star, and No. 4624 to No. 2689 the Deserter. As for the other cigarette, No. 3958 Christian Deacon Gwon smoked first, and then he handed it to the two old men who sat over the *paduk* board all day, and then they gave whatever was left to Gyu-sik. When it reached Gyu-sik, there actually wasn't anything left to smoke. Still, he tried with all his might to suck at that cigarette stub, which he could barely hold with two fingers. He nearly burnt his lips.

Jeong Tae-seon occasionally had a visitor. Although he said it was his wife, it wasn't clear whether she was really his wife or just a live-in girlfriend. Whenever he came back from an interview, he grumbled, You couldn't trust girls. On the

업장이나 복도 같은 데에서 얼굴이 마주쳐도 아는 척도 하지 않고 지나치는 식으로 보안을 유지하고 있을 것입니다. 또한, 소지나 지도 한두 사람하고도 줄이 닿아 있을 것입니다. 아무튼 그는 애연가입니다. 덕분에 이 감방 안에 사는 모든 수인들도 담배를 얻어 피웁니다. 그는 담배 생각이 날 때마다 배식반장 한규일을 시켜서 꼭 두 개비의 담배에 불을 붙입니다. 한 개비는 그 자신이 반쯤 피운 다음 한규일에게 넘기고, 한규일은 그 꽁초를 받아 맛있게 빨다가 나머지를 297번에게, 297번은 똥별 4624번과 탈영병 2689번에게 넘깁니다. 다른 한 개비는 제일 먼저 3958번 기독교도 권 집사가 피우고, 그 다음 하루 종일 바둑판만 붙들고 앉아 있는 두 사람의 늙은이를 거쳤다가 마지막에야 규식의 차례가 됩니다. 그의 손에 넘어올 때쯤이면 담배는 사실상 피울 것도 남아 있지 않습니다. 그래도 그는 입술이 델 지경으로 타 들어간 담배꽁초를 두 손가락으로 아슬아슬하게 붙들고 한 모금이라도 더 빨아들이기 위해 안간힘을 다 씁니다.

정태선에게는 이따금 면회가 옵니다. 그의 마누라라고는 하는데, 마누라인지 아니면 그저 동거생활이나 하

previous day when his "wife" visited him, Jeong told Deacon Gwon, as soon as he came back from his interview, "Deacon Gwon, there's one more thing that you don't need in heaven. Girls. Even if there's no money, you can't get rid of crime if you don't get rid of girls. Damn women!"

Deacon Gwon responded with "What a worrier you are, Chief! There'll be so many girls in heaven that you can have any girl you want."

Jeong Tae-seon called Han Gyu-il bitch. It was not clear whether this had anything to do with his idea about women. Jeong and Han were lovers. All the cellmates knew this. They slept under the same blanket. Their beddings were not prison grade. They had a thick cotton futon, a comforter, and a personal blanket. They were quite luxurious. If they had used these on the outside, their beddings might have looked strange. But that colorful blanket, amidst the prison's blue, sodden, misshapen comforters, reminded the cellmates of some aristocrat's bed in old Arabia. If I got up in the middle of night, woken by some strange noise, I would see Jeong holding Han tight under that fantastic blanket. If I watched them a little more, I would see Han grab a towel from above the bed and clean

던 애인인지는 알 수가 없습니다. 면회를 다녀오기만 하면 그는 계집년들 다 믿을 수가 없다니까, 하고 투덜거립니다. 어제도 그 마누라가 면회를 왔었는데, 면회에서 돌아오자 그는 권 집사에게 이렇게 말했습니다.

「권 집사, 천국에 없어야 할 게 또 하나 있어. 계집이야. 돈이 없어진다고 해도 계집이 없어지지 않으면 범죄도 없어지지 않을 걸. 어이구, 벌어먹을 계집년들.」

그러자, 권 집사는 이렇게 대답했습니다.

「걱정도 팔자시네, 우리 감방장님은. 그저 천국에는 흔해 빠진 게 계집이라니까. 아무거나 붙잡기만 하면 내 계집 되는 거야.」

여자에 대한 정태선의 그런 생각과 관계가 있는지 없는지는 잘 모르지만, 정태선은 한규일을 「야, 이년아」 하고 부릅니다. 정태선과 한규일은 남색 관계니까요. 그것은 이 감방 식구들이 모두 알고 있는 사실입니다. 그들 두 사람은 한 이불 속에서 잡니다. 그들이 사용하는 침구는 교도소에서 제공하는 것이 아니라 솜을 두툼하게 넣은 요와 이불 위에 사제 담요를 한 겹 입힌, 제법 호사스런 것입니다. 밖에서였다면 그것은 진정 기이한 침구로 보였겠지만, 솜이 여기저기 뭉쳐진 푸르죽죽한

up.

All of this was actually a very serious violation of prison rules. If the authorities found out about it, they would have locked up Jeong and Han in disciplinary cells, where they would have to eat food like dogs with their hands cuffed behind their backs. After this, they would also be put in separate cells. Nevertheless, Jeong and Han were quite open about their relationship. One night, Gyu-sik couldn't fall asleep. So he sat in a corner and saw Han drag a towel under his comforter. When their eyes met, Han didn't look embarrassed at all. Instead, he just asked him, "What the fuck are you looking at?" Han and the Chief gave their cellmates half an apple, a piece of bread, or a few puffs of cigarette for a reason.

Han Gyu-il, also a rapist and burglar, was a quiet person. Nobody visited him. Other than distributing meals to his cellmates, doing dishes with Gyu-sik and No. 2689, distributing private meals, and handing out cigarettes, he slept all day. On Sundays and rainy days when there was no work, he literally slept all day. If people woke him up because there was a church event or a Buddhist temple visit, or because some performance troops had come, he

관품 이불로 온통 뒤덮인 감방 한쪽 구석에 울긋불긋 알록달록한 무늬의 담요가 높다랗게 펼쳐진 모습은 가위 옛 아라비아의 사치스러운 귀족의 침대를 연상시키는 바 있습니다. 한밤중, 묘한 소리가 들려 눈을 뜨면 그 찬란한 이부자리 속에서 정태선이 한규일을 바짝 끌어안고 있는 것을 볼 수 있습니다. 좀더 참고 기다리면 얼마 후에 한규일이 머리맡의 타월을 이불 속으로 끌어들여 뒤처리를 하는 것도 볼 수 있습니다. 그것은 사실은 치명적인 범칙 행위입니다. 만일 그 사실이 교도소 당국에게 발각이 나는 경우에는 정태선이나 한규일은 징벌방에 갇혀 뒷수갑을 찬 채 개밥을 먹게 될 것이요, 징벌이 끝나면 두 사람은 각기 다른 감방으로 나뉘어 생이별을 하게 될 것입니다. 그러나, 정태선이나 한규일의 태도는 아주 당당하기 이를 데 없습니다. 어느 날 밤, 규식은 잠이 오지 않아 우두커니 앉아 있다가 한규일이 뒤처리를 위해 타월을 이불 속으로 끌어넣는 것을 본 적이 있습니다. 그는 규식과 눈이 마주치자 부끄러워하는 것이 아니라 오히려 제 쪽에서 뭘 봐, 하고 퉁명스레 쏘아붙이는 것이었습니다. 그러니까, 감방장이나 한규일이 식구들에게 돌리는 사과 반 알이나 빵조각, 그리

barely managed to open his eyes. On those days, it felt almost strange that he could open his eyes at all. He blinked his thick, heavy eyelids and complained, "I wish I could sleep my entire life! No matter how much I sleep, I still feel tired!"

But he immediately got up when official or private meals came, or when Jeong said, "Hey you, bitch!" In those moments, I found him marvelous and I also felt sorry for him. Would there ever be a world where he could sleep for his entire life? Maybe in Deacon Gwon's heaven. It seemed that all kinds of marvelous things were possible in Deacon Gwon's heaven, even if it might not be true of other heavens. But, then, his heaven might be more like a prison cell.

Both Jeong and Han treated Deacon Gwon with respect. Deacon Gwon was lavish with his money and he was one of Jeong's very important customers. Deacon Gwon ordered a private meal at least once a day and shared it with Jeong, Han, and other cellmates. If people flattered him a little, he bought cigarettes from Jeong and distributed them among cellmates. It wasn't difficult to flatter him. You just had to listen to his sermons. It was a little strange to have to listen to a sermon in order to

고 담배 몇 모금 따위는 어쩌면 공것이 아닌지도 모릅니다.

한규일은 강도 강간범으로, 별로 말이 없는 사람입니다. 면회를 오는 사람도 없습니다. 하루 세 번 식구들에게 밥을 나눠주고, 규식과 2689번의 도움을 받아 설거지를 하고, 사식을 나눠주고, 담배를 나눠주고 하는 것 외에는 잠만 잡니다, 일요일이나 비가 와서 출력을 하지 않는 날에는 문자 그대로 하루 종일 잠을 잡니다. 교회가 열렸다거나 법당이 열렸다거나 무슨 위문공연이 왔다고 하여 잠을 깨우면 그는 그야말로 간신히, 억지로 눈을 뜹니다. 그럴 때 보면 그의 눈이 열리는 것이 신기해 보일 정돕니다. 그 무겁고 두꺼운 눈꺼풀을 겨우 껌벅거리며 그는 이렇게 투덜거립니다. 평생 잠이나 자고 살았으면 원이 없겠다. 아무리 자도 끝이 없구나. 자다가도 밥이 오거나, 사식이 들어오거나, 정태선이 야, 이년아, 하면 벌떡 일어나는 것을 보면 참 신기하기도 하고 측은하기도 합니다. 글쎄요, 평생 잠이나 자며 살 수 있는 세상이 과연 있을까요. 어쩌면 권 집사의 천국에 가면 그럴 수 있을지도 모릅니다. 다른 천국은 몰라도 적어도 권 집사의 천국에서는 온갖 기기묘묘한 일이

smoke a cigarette. It felt like going to a Buddhist temple in order to eat pork ribs. But this was a prison, and anything was possible in prison, depending on the inmates.

As Gyu-sik expected, Deacon Gwon was a crook. It was said that all crooks in the country, who had begun to worry that they had run out of ideas, but Deacon Gwon had continued to invent fantastic scam after fantastic scam. He was praised for it. Unfortunately, his scams were so popular that it produced too many victims all over the country. When the police special task force began to seriously investigate, Deacon Gwon turned himself in—after hiding all his money.

He met Jesus Christ in prison. While he was listening to a sermon, he became curious about heaven. He asked, "What is heaven, Reverend?"

"A place without prison."

"What nonsense! That's impossible! I know because I've been in prison many times. Without prison the world would instantly turn to chaos."

"No, it'll be much better. If there is no law and no money, why do we need prison?"

The concept of a world without money shot through Deacon Gwon's brain like William Tell's ar-

가능할 것 같으니까요. 아마 그의 천국은 이 감방과 비슷하지 않을까, 걱정스럽습니다.

정태선도 한규일도 권 집사에 대해서는 한풀 접어놓고 대우합니다. 그것은 그가 돈을 물 쓰듯 하기 때문이고, 정태선의 담배장사에서 없을 수 없는 중요한 고객이기 때문입니다. 권 집사는 하루에 한 번은 틀림없이 사식을 사 들여와서 정태선과 한규일, 그리고 그 밖의 식구들이 별미를 맛보게 해줍니다. 약간만 기분을 맞춰주면 정태선에게서 담배를 사서 식구들에게 나눠주기도 합니다. 그의 비위를 맞추는 것은 어려운 일이 아닙니다. 그가 늘어놓는 설교를 들어주기만 하면 됩니다. 담배를 피우기 위해 설교를 듣는다는 것은 마치 돼지갈비를 먹기 위해 절간에 간다는 것처럼 기이한 일이지만, 어차피 이곳은 감옥이고 감옥에서는 거기 갇힌 사람들에 따라 무슨 일이라도 벌어질 수 있는 법입니다.

권 집사는 규식이 예상했던 대로 접시꾼이었습니다. 기상천외한 방식의 사기 수법을 개발하여 아이디어 고갈로 끼니를 걱정하고 있던 전국의 접시꾼들로부터 자자한 칭송을 받았다고 합니다. 그런데, 그만 그 수법이 전국적으로 만연하여 피해자가 엄청난 기세로 늘어나

row through the apple. No money, no money... It took him some time to understand that concept. It took him about six months, a period of great labor for Gwon, during which he devised a new fantastic scam.

Finally, he realized that no money meant that everything would be free, which meant that nobody would own anything, which meant he could just take up whatever he wanted, which meant that he didn't have to steal, which meant he didn't have to worry about poverty, which meant he didn't have to scam others to take their possessions, which meant he didn't have to spend hours and hours finding new, elaborate ways to trick people.

He had been spending all his hard-earned scam money to buy drinks, meals, clothes, houses, cars, and women. He couldn't live without these things. He needed money for them. And, to him, scamming was the only way he knew how to earn it. And now the priest had just told him that he didn't have to do this anymore! He could go to heaven just by believing! So why would he not believe? That was his definition of heaven and belief. As soon as he realized that, he became a devout Christian. So, Jeong and Han awarded him the title

자 경찰당국이 특별수사반을 편성하여 전국적으로 엄중한 수사를 시작하였고, 그러자 권 집사는 그때까지 사취한 돈은 일찌감치 은밀한 곳에 감춰두고 자수하였다는 것입니다.

그가 예수 그리스도를 만난 것은 이번 감옥살이에서였습니다. 문득, 목사의 설교를 듣다가 천국이 과연 무엇인지 궁금해지기 시작한 것이 시초였다고 합니다. 그는 목사에게 물어보았습니다.

「천국이 어떤 곳입니까?」

「교도소가 없는 곳입니다.」

「말도 안 됩니다. 교도소가 없는 곳은 있을 수 없습니다. 내가 징역살이 많이 해봐서 압니다. 교도소가 없다면 세상은 금방 개판 되고 맙니다.」

「아니오. 훨씬 더 좋아집니다. 법이 없고 돈이 없으면 교도소라는 게 어디 필요하겠습니까.」

돈이 없는 세상이라는 말이 그의 머리를 윌리엄 텔의 화살처럼 꿰뚫었습니다. 돈이 없다, 돈이 없다……. 그것이 의미하는 바를 그 나름으로 깨닫기 위해서는 약간의 세월이 필요했습니다. 그러니까, 기상천외의 사기수법을 고안해내기 위한 고심참담의 기간에 못지않는

"deacon."

Deacon Gwon had been in love with No. 2689 Oh Yeong-han. Oh Yeong-han was deserter transferred to civilian prison after serving his term in the military prison. Deacon Gwon wanted to make love to Oh. He bought him cigarettes, private meals, and underwear and said, "Jesus Christ said, 'If someone wants your coat, you should give him your underwear, too.' We should all help each other."

Despite these efforts, Oh persisted in rejecting him. After this, Deacon Gwon began treating Oh as if he was insane. It was true that whenever Oh opened his mouth, he cursed everyone, his family, his wife, his friends, and even his father and mother. He said, "Sons-of-bitches. If they lock me up in a place like this, they should visit me every now and then, shouldn't they? Just wait! As soon as I get out of here, I'll kill them all. I'll kill them with one chop of my knife."

Oh used to be a butcher. He butchered cows. He might have been a good butcher. Even after he deserted, he worked and lived happily as a butcher. He got married and even had a kid. Although he wasn't the first son, he lived with his parents, sup-

세월, 약 6개월쯤이 말입니다. 그리하여, 마침내 그는 깨달았습니다. 돈이 없다는 것은 모든 물건이 공짜라는 것을 의미하고, 모든 물건이 공짜라는 것은 세상의 모든 물건에 소유자가 따로 없다는 것을 의미하고, 따라서 탐나는 물건이 있으면 그저 집어 들기만 하면 된다는 것을 의미하고, 그러니까 훔칠 필요도 없다는 것을 의미하고, 가난 따위를 걱정할 필요가 없다는 것을 의미하고, 접시를 돌려 남의 돈을 빼앗을 필요도 없다는 것을 의미하고, 접시 돌리는 방법을 고안하기 위한 고통스러운 궁리도 필요하지 않다는 것을 의미하고……. 사실 그가 이제까지 접시를 돌려 빼앗은 남의 돈은 모두 무엇인가를 사는 데에 다 소비되었습니다. 술, 밥, 옷, 집, 차, 여자……. 그런 것이 없이는 살 수 없었고, 그런 것을 마련하기 위해서는 돈이 필요했으며, 돈을 얻는 유일한 방법은 그에게는 접시를 돌리는 것이었으니까요. 그런데, 접시를 돌릴 필요가 없다는 것입니다! 믿기만 하면 그런 세상에 가서 살 수가 있다는 것입니다! 믿지 않을 이유가 어디 있겠습니까? 그런 것이 그가 정의한 천국이요, 신앙이었습니다. 그때부터 그는 신실한 기독교인이 되었고, 그런 그에게 정태선과 한규일이

porting them, because he did well financially. In fact, he even supported his elder brother's family after a while. If a deserter could own his own car, he must have been a pretty competent butcher.

He cursed all his family because he thought they weren't visiting him. But that wasn't true. His family visited him every other week. His father, mother, and wife took turns. He complained only because they didn't come more often, and because they didn't deposit enough money to make him Tiger Hair.

He had to enlist in the military when he was twenty. He had to desert it during his first vacation because of his family's desperate situation. He had been the sole breadwinner in his family. His brother was a good-for-nothing who followed politicians around. He didn't take care of his family at all. His brother could talk about the country, the world, politics, the economy, the presidential cabinet, and the assemblymen forever, like other people talked about neighborhood briquettes or sundry shops or their owners. But, money? That was beyond his abilities and interests.

After Yeong-han enlisted for compulsory military service, his family wondered how they would sur-

집사 감투를 선사했습니다.

권 집사는 탈영병으로 군 교도소에서 제대를 하여 민간인 교도소로 이감된 2689번 오영한을 짝사랑했습니다. 말하자면, 남색의 대상으로 삼으려고 했던 것입니다. 담배도 사 주고, 사식도 사 주고, 속옷도 사 주었습니다.

「예수 그리스도는 〈네 겉옷을 원하는 자에게 네 속옷까지 벗어주라〉고 말씀하셨어. 돕고 사는 거야.」

그러나, 그가 아무리 정성을 기울여도 오영한은 끝내 그를 거부했습니다. 그 뒤부터는 권 집사는 오영한을 미친놈 취급입니다. 오영한이 입만 벌리면 가족들을 욕하고, 마누라를 욕하고, 친구들을 욕하고, 심지어는 어미 아비까지 싸잡아 욕하는 것은 사실입니다.

「개 같은 것들이 사람을 이런 데 처박아 놨으면 가끔 와서 들여다봐야 할 것 아냐. 나가기만 해봐라. 그저 한 칼에 다 죽여 버린다.」

오영한의 직업은 칼잡이입니다. 도살장에서 소를 잡았다고 합니다. 제법 솜씨가 있는 칼잡이였는지 탈영을 한 뒤에도 별로 궁색하지 않게 살다가 결혼까지 하여 아이를 낳고 살았습니다. 장남이 아니었는데도 부모를

vive. They had to leave their house, which they leased on a deposit basis, to a house for which they paid monthly rent. When Yeong-han came home for his vacation he didn't go to see a movie or have a drink with his friends. He took a knife and skinned a cow. If he went back to his service after the vacation, not only his parents, but also his brother's family, wouldn't have known what to do. He missed his return date and kept sending cows to paradise. Since nobody came to take him back, he completely forgot about his military service and lived happily, marrying, having a kid, moving from a monthly-rent place to a deposit-based house. He saved enough money to buy his own house, and bought a car. Eventually, though, military criminal investigators and police showed up in front of his house and put him in handcuffs.

Because it had been more than a year since he was imprisoned, his family must have been struggling. That must have been why his family couldn't visit him more often and deposit more money. Yeong-han must have known this better than most. Nevertheless, he cursed them frequently.

"Who took care of them until now? How can they ignore me like this? They're worse than cows!"

모시고 산 것은 형보다 영한네의 살림살이가 넉넉했기 때문이었습니다. 아니, 나중에는 그는 아예 형네 식구들까지 데리고 살았습니다. 탈영병 신분으로 자가용까지 굴렸다고 하니, 그만한 재간도 쉽지는 않을 것 같습니다. 그가 가족들을 싸잡아 욕하는 가장 큰 이유는 그들이 면회를 오지 않는다는 것이지만, 그것은 사실이 아닙니다. 규칙적으로 두 주일에 한 번씩, 그의 가족들은 때로는 아버지가, 때로는 어머니가, 때로는 마누라가 면회를 옵니다. 그러니까, 오영한의 가족들에 대한 불만은 면회를 좀더 자주 오지 않는 것, 그리고 돈을 좀 더 많이 영치하여 그를 범털로 만들어주지 않는 것 때문입니다. 그러나, 그가 일찍이 스무 살 나이로 군에 입대했다가 첫 휴가를 나왔을 때에 탈영할 수밖에 없었던 것은 집안 형편 때문이었습니다. 돈을 버는 사람이 그 외에는 없었던 것입니다. 형은 정치꾼을 따라 다니는 날건달이었습니다. 집안을 돌볼 생각은 하지도 않았습니다. 입을 열면 나라와 세계와 정치와 경제와 정부 각료와 국회의원들 이야기가 동네 연탄가게나 구멍가게 사정이나 그 주인들에 관한 이야기처럼 줄줄이 청산유수였습니다. 그러나 돈? 그것은 그의 능력이나 관심 밖

In fact, this might have been his way of worrying about his family. His family might have known this, too. It might have been only Yeong-han who didn't know.

It was natural for him to reject Deacon Gwon. Above all, Deacon Gwon was extremely similar to his elder brother, whom he detested and despised. In fact, there was nobody he despised more than his brother. Yeong-han was extremely familiar with his behavior, acting impudently like a rich C.E.O., speaking glibly and behaving arrogantly as if he was the only intelligent person in the world. Yeong-han was familiar with all the ostentatious ways of Deacon Gwon and he detested them. Yeong-han didn't even want to speak to him, let alone make love to him.

Yeong-han was friends with No. 297 Sim Yeong-bae and Dung Star. Inmates often saw the three of them leaning against the cell wall or the sunny wall of the sports ground, sitting or standing. Sim Yeong-bae always looked as if he was deep in thought. His eyes were open, but he looked at nothing. Dung Star, sitting next to him, was also usually deep in thought, or crying. They almost never talked. Yeong-han did all the talking. He

의 일이었습니다. 영한이 칼을 놓고 군대로 들어가자 집안은 끼니 걱정을 하지 않을 수 없는 형편에 이르렀습니다. 전셋집에서 월셋집으로 옮겨 앉아야 했습니다. 휴가를 나왔을 때에 그가 그 이튿날부터 한 일은 영화 구경도, 친구 찾아가 술 얻어 마시는 일도 아니었습니다. 칼을 잡고 소가죽을 벗기는 일이었습니다. 휴가가 끝나 그가 귀대하면 그날부터 아버지 어머니는 물론이요 형 부부와 어린 조카들까지 당장 생계가 막연했습니다. 그는 귀대 날짜를 넘긴 채 계속해서 소들을 극락으로 보내주는 일을 하는 수밖에 없었고, 그러고도 아무 일이 없자 군대 같은 것은 까맣게 잊은 채로 결혼도 하고, 아이도 낳고, 월셋집을 전셋집으로 옮기고, 주택부금도 붓고, 차도 장만해가며 재미지게 살았던 것입니다. 어느 날, 문득 헌병대 수사관들이 방문 앞에 나타나서 그의 두 손에 덜컥 수갑을 채우기까지는 말입니다.

이제 그가 벌써 징역살이를 시작한 지 1년이 넘었기 때문에, 다시 그의 집은 끼니를 걱정하는 형편일 것입니다. 그러니까, 그의 가족들은 생각이 있어도 면회를 자주 올 수도, 돈을 많이 넣어줄 수도 없을 것입니다. 그 사실을 가장 잘 아는 사람이 바로 영한 자신입니다. 그

wasn't talking with them, though. He was just cursed his family by himself.

"How could they do this?" Yeong-bae and Dung Star stared straight ahead and said nothing.

"How could they do this to their son?" Yeong-bae and Dung Star didn't respond.

"Wouldn't you be angry? Wouldn't you curse?" Yeong-bae and Dung Star sat still. It wasn't clear whether they heard Yeong-han's words or not.

Suddenly, Dung Star began to weep. Yeong-bae patted his shoulder wordlessly.

Yeong-han sometimes said, "Stop crying." It wasn't clear how the three of them communicated with one another, how they had become friends. Nevertheless, the three of them always stuck together. They ate and slept together under the same blanket.

Sim Yeong-bae was a murderer. It was already his eighth year. But nobody knew how he had ended up killing someone. He never told anyone. His cellmates just presumed that he accidently killed someone in the house he was burglarizing.

Yeong-bae lived a quiet life. He worked hard at the work site. But sometimes, he stopped working, squatted down, and stared blankly straight ahead.

런데도 그는 욕을 합니다.

「누구 덕분에 지금까지 먹고 살았는데 이렇게 모르는 체하는 거야? 소만도 못한 것들.」

그러니까, 어쩌면 가족들에 대한 걱정이 그런 식으로 표현되는 것인지도 모릅니다. 가족들은 그것을 다 알고 있는지도 모릅니다. 그것을 모르는 것은 어쩌면 그 자신뿐인지도 모릅니다.

그가 권 집사를 거부하는 것은 당연한 일입니다. 그것은 무엇보다도 권 집사가 그가 세상에서 가장 증오하고 경멸하는 사람인 형과 너무도 흡사하기 때문입니다. 그 돈 많은 사장 같은 유들유들한 생김생김이나 말 잘하는 본새나 세상에 잘난 것은 그 자신뿐이라는 태도하며, 그 모두가 영한에게는 참으로 낯익고 가증스러운 걸치레입니다. 말 한마디 건네고 싶지 않은 사람인데, 하물며 남색이라니요?

그가 친하게 지내는 사람은 297번 심영배와 똥별입니다. 때로 그 세 사람이 감방 벽에, 혹은 운동장의 햇빛 비치는 담벽에 나란히 기대어 앉아 있거나 서 있는 것을 볼 수 있습니다. 심영배는 깊은 생각에라도 잠긴 듯 멍한 눈으로 앉아 있습니다. 눈은 뜨고 있지만 사실은

He looked as if he had fallen asleep with his eyes open. He was like that in the cell, too. If somebody asked him anything, he just turned his head and stared at him.

When Gyu-sik asked him what crime he had committed, how long he had been in prison, and how he'd ended up killing someone, he just stared at him without answering. He looked as if he had just woken up from a dream. He wore an expression on his face that seemed to say that he didn't understand the question. It was no use asking him again. He still looked dreamy. Then he turned his face away, still staring into the air. He returned to his world of sleep and dreams.

Occasionally, he made sounds. Yes, it was not language, but sounds. In the middle of staring at nothing, he suddenly made strange moaning sounds. It sometimes sounded like a dog moaning or a baby whining. If people turned around because of him, he wasn't aware of it. He was still submerged deep in his sleep and dreams like deep-sea fish, no, like seaweed.

No one came to visit him. No, maybe he had visitors. He might have met someone while he slept and dreamt all day.

그 어떤 것도 보고 있지 않습니다. 그 옆에 앉은 똥별 역시 대개의 경우 말없이 생각에 잠겨 있거나 징징 울고 있습니다. 그들은 서로 거의 말을 하지 않습니다. 말을 하는 사람은 영한뿐입니다. 서로 얘기를 하는 것이 아닙니다. 영한이 혼자서 식구들에 대해 욕을 중얼거리는 것뿐입니다. 도대체 어떻게 이럴 수가 있어? 영배와 똥별은 멍하니 앉아 있습니다. 자식한테 이럴 수가 있어? 영배와 똥별은 여전히 아무 대꾸도 없습니다. 당신들이라면 화가 안 나겠어? 욕이 안 나오겠어? 영배와 똥별은 듣는지 마는지 그저 앉아 있을 뿐입니다. 그러다가 갑자기 똥별이 징징거리기 시작합니다. 영배가 손을 들어 그의 어깨를 다독거립니다. 여전히 말은 없습니다. 영한이 그저 고만 좀 울어라, 하고 한마디하는 적이 있을 뿐입니다. 어떻게 서로 의사를 통하는지, 어떻게 서로 친해졌는지 알 수가 없는 일입니다. 그러면서도 그들 세 사람은 늘 붙어 다닙니다. 밥도 같이 먹고 잠도 나란히 한 이불 속에서 잡니다.

심영배는 살인범입니다. 벌써 8년째 징역살이를 하고 있습니다. 그러나, 그가 어쩌다가 살인을 했는지 아는 사람은 적어도 이 방 안에는 없습니다. 그가 얘기한 적

No. 4624 Dung Star got this nickname because of the poem he often recited under his breath. There was a poetry book entitled *When Thou, My Love, Becomest a Star*, in the cell. This crudely printed book was so old and worn out that it was missing not only the cover, but also many of its pages. They had probably been torn out for toilet paper. All the cellmates had flipped through it once or twice, but nobody read it for a long time. There was a poem in this collection, entitled, "Shooting Star," by Jeong Ji-yong. No. 4624 recited this poem very often. On a day when they didn't leave for work, the Chief asked his cellmates to tell stories, because he had gotten tired of flipping through tabloids. Most of the cellmates simply sat there and told stories from movies or talked about their adventures seducing women. But Dung Star shot up, and quietly recited the poem, and then sat down again.

Where the shooting star dropped—
I marked the place in my mind.
I planned to go there the next day,
I planned and planned,
But now I'm all grown up.

이 없기 때문입니다. 식구들은 그저 도둑질하러 남의 집에 들어갔다가 주인에게 들키자 사람을 죽인 것이려니, 하고 짐작할 뿐입니다.

영배는 하루 온종일 얘기를 하지 않고 삽니다. 작업장에 나가면 맡겨진 일을 열심히 합니다. 그러나, 때로는 일을 하다 말고 갑자기 그 자리에 주저앉아 우두커니 허공만 쳐다볼 때가 있습니다. 그런 때면 꼭 눈을 뜬 채 잠에 빠진 사람 같습니다. 방에 들어오면 온종일을 그렇게 지냅니다. 누군가가 무슨 말을 물어도 그는 고개를 돌려 그 사람을 멍하니 쳐다볼 따름입니다. 규식이 무슨 일로 들어왔는지를 물었을 때에도, 몇 년이나 살았는지를 물었을 때에도, 어쩌다 사람을 죽였는지 물었을 때에도 그는 아무 대답도 없이 그를 한동안 쳐다보기만 했습니다. 마치 꿈을 꾸다가 잠시 깨어난 사람처럼 말입니다. 무슨 말을 들었는지 모르겠다는 얼굴입니다. 그런 그에게 다시 같은 질문을 반복해봐야 소용이 없습니다. 여전히 그의 표정은 꿈에서 깨어난 듯 몽롱합니다. 그러다가 그만 허공으로 눈을 옮겨 갑니다. 다시 저 깊은 잠과 꿈속으로 돌아가는 것입니다.

때로 그가 혼자서 소리를 내는 때가 있습니다. 그렇습

Perhaps Dung Star was really as crazy as Deacon Gwon said. Whether he was crazy or not, he didn't hurt anyone. He just sobbed and giggled, cursed and talked, and conversed alone. He was happy alone, sad alone, and worried alone. But he was rarely happy. Most of the times, he was sad or worried. In the middle of all of his sleeping, eating, working, and shitting, he wailed, wept, shrieked, moaned as if he was about to die, or talked feverishly to himself.

"No, I said, no. I didn't see it. That's true! If I saw it, then why would I be in prison now? I would have been released already, a long time ago."

While he cried and muttered to himself, he kept working on socks with holes or torn clothes. His hands never took a break. He was always making something out of spare materials at hand. He made *paduk* stones by crushing boiled rice, a *tak*, a prison substitute for a lighter by breaking a toothbrush and putting a flint in it, and a statue of a woman's nude by whittling a toothbrush. Cellmates thought that he might only be pretending to act crazy so that he could move to a hospital building or that he could get paroled earlier. He acted crazy, but he always understood what others said, and had no

니다. 그것은 말이라기보다는 소리입니다. 혼자서 우두커니 허공만 쳐다보고 있다가 문득, 끄응, 하는 기묘한 소리를 내는 것입니다. 그것은 어떻게 들으면 개가 끙끙거리는 소리 같고, 어떻게 들으면 갓난아기가 칭얼거리는 소리 같습니다. 그런 그를 누가 돌아봐도 그는 그것을 의식하지 못합니다. 여전히 심해어처럼, 아니, 차라리 물풀처럼 깊이 잠과 꿈속으로 잠수해 들어가 있을 뿐입니다.

그에게는 면회 오는 사람도 없습니다. 아니, 그는 매일 면회를 받고 있는지도 모릅니다. 저 깊은 잠과 꿈이 하루 스물네 시간 동안 그와 면회를 하고 있는지도 모릅니다.

4624번에게 똥별이라는 별명이 붙은 것은 그가 툭하면 중얼거리는 시 때문입니다. 이 감방에는 언제부턴지 겉장이 다 뜯겨 나가고 속지마저 휴지 대용으로 군데군데 찢겨 없어진, 조잡한 인쇄의 『사랑하는 그대가 별이 되어』라는 제목의 시집이 굴러다닙니다. 누구나가 한두 번씩은 뒤적거려 보지만, 누구나가 결코 오랫동안 들여다보는 적은 없는 시집입니다. 그 시집 가운데에 정지용이라는 사람이 쓴 〈별똥별〉이라는 시가 있습니다. 그

trouble leading an ordinary life.

He used to be an auto mechanic. A customer had left a car with him for an oil and filter change and the entire car had disappeared shortly after. The police investigated and found that he had stolen it. Not only that, but they also found that he had been stealing cars for a while now. That was why he was sentenced to a two-year term. But he maintained that he never did anything, that he had no idea who did. According to him, he was forced to confess because the detectives beat and tortured him.

Occasionally, when Dung Star was lucid, he bragged about his talents. He didn't brag to any specific person, but to himself. He said that he could assemble several cars single-handedly without breaking a sweat. He could do it even if he was standing upside down and naked in a junkyard. His cars wouldn't lose in a race against a Mercedes. Unfortunately, he was in prison, not in a junkyard. And so, Dung Star lived most of his sentence, crying and worrying alone. He had only five months left until he could return to his junkyards of countless treasures.

But the remaining five months didn't look too easy for him. Deacon Gwon, after failing to seduce

가 툭하면 중얼거리는 시가 바로 그것입니다. 출력을 나가지 않는 날, 감방장이 주간지를 뒤적이다 지쳐 얘기를 해보라고 하면, 다른 사람들은 그냥 제자리에 앉은 채로 영화 이야기라거나, 여자를 유혹한 이야기 따위를 과장까지 섞어 가며 그럴듯하게 늘어놓는데, 똥별은 제 차례가 돌아오면 어김없이 벌떡 일어나서,

별똥 떨어진 곳,
마음해 두었다.
다음날 가 보려,
벼르다 벼르다
인젠 다 자랐소.

하고 입안엣소리로 우물우물 중얼거리고는 털썩 주저앉습니다.

어쩌면 권 집사의 말대로 똥별은 정말 미친 것인지도 모릅니다. 미쳤다고는 해도 남에게 해를 끼치는 적은 좀처럼 없습니다. 그는 뜬금없이 혼자서 흐느껴 웁니다. 혼자서 깔깔거립니다. 혼자서 욕설을 늘어놓습니다. 혼자서 얘기를, 대화를 합니다. 혼자서 무서워하고,

Oh Yeong-han, had moved on to Dung Star some time ago. Deacon Gwon's method of seduction became more multi-dimensional than before. At least in the beginning. He invited Dung Star to prayer or Bible study, or gave him a cigarette, telling him his favorite Jesus quote, "If someone wants your coat, give him your underwear, too." He tried to entice Dung Star by giving him a private meal.

But when these methods failed, Deacon Gwon began to abuse him. He alternated between methods. His methods were all rather crude, unbecoming of a self-proclaimed world-class crook.

"Sweep the room! Mop the floor! Clean the toilet! Do the laundry!"

Fortunately for Dung Star, staying active and moving was his hobby, so this didn't bother him very much. So Deacon Gwon occasionally caressed his body, making Dung Star to cry out hysterically like a stag bitten by a lion. He shed large tears. Deacon Gwon must have been tired these days, so he didn't give him a cigarette or a private meal, but simply abused Dung Star at every chance.

"Bitch, why is this room so dirty? Mop it again! How much water do you need to wash a mop, bitch? You, don't wash your face for a week start-

혼자서 기뻐하고, 혼자서 슬퍼하고, 혼자서 괴로워합니다. 기뻐하는 적은 거의 없습니다. 대개의 경우 슬퍼하거나 괴로워합니다. 자다 말고, 먹다 말고, 작업하다 말고, 뒷간에 들어가 변을 보다 말고 엉엉 울거나 훌쩍훌쩍 울거나, 비명을 질러대거나 곧 죽어 가는 듯한 신음소리를 내거나, 혼자서 열심히 얘기를 주고받습니다, 아니라니까. 난 못 봤어. 정말이야. 그걸 봤으면 내가 지금 징역살일 하고 있겠냐? 나갔어도 벌써 나갔지. 그렇게 울면서도 지껄이면서도 그의 손에서는 구멍 난 양말이나 찢어진 옷가지가 떠날 줄을 모릅니다. 그는 잠시도 몸을 쉬고 있는 적이 없습니다. 늘 무엇인가를 만들거나 꿰맵니다. 밥풀을 짓이겨서 바둑알을 만들고, 칫솔대를 부러뜨리고 그 안에 라이터돌을 박아 감방에서 라이터 대용품으로 쓰는「탁」이라는 물건을 만들고, 남은 칫솔대에는 여자의 누드를 조각해 내고……. 감방 식구들은 그가 병동(病棟)으로 옮겨 가거나 조금이라도 일찍 출감하기 위해 거짓 미친 척하는 것이라고 생각합니다. 미친 짓을 하기는 하지만, 남의 말도 잘 알아들을 뿐 아니라 아무런 어려움 없이 일상생활을 해나가기 때문입니다.

ing now! Why'd you forget to clean toilet, bitch? Clean it well! So clean as we can eat rice off of it! I'll have you eat dinner from it tonight! If you're done cleaning the toilet, sit your ass back down next to it, bitch! I feel horny. Why are you wandering around like that, smelling like body odor, bitch?"

The cellmates giggled when Deacon Gwon said this. No. 3591 Kim Yeong-gi, the chronic thief and one of the two old men, laughed the loudest. He thought that he could get one more puff at the cigarette and one more bite of a private meal by flattering Deacon Gwon, Tiger Hair. But Deacon Gwon flew into rage.

"What's so funny that you're showing your teeth like that, old man?" he yelled. "I guess you're happy to be a jailbird!"

Kim Yeong-gi did seem like a jailbird. No, although he was a little cowardly, you could say that he was just innocent, like a child. He didn't have any visitors, but he never waited for one, either. He said that he had intentionally committed petty theft when the weather turned cold. If no one caught him, then he could sell what he had stolen and live comfortably for a few days, drinking and eating. If

그는 자동차 정비공이었습니다. 손님이 엔진 오일과 필터를 갈아달라고 맡긴 차가 잠깐 사이에 사라졌습니다. 수사 결과 그가 훔친 것으로 판명되었다고 합니다. 뿐만 아니라, 그는 벌써 오래전부터 그런 차 도둑질을 벌여온 것으로 밝혀졌다고 합니다. 그래서, 징역 2년을 선고받았습니다. 그러나, 그는 자신이 한 짓이 아니라고 합니다. 자신은 모르는 일이라고 합니다. 형사들이 두들겨 패고, 고문을 하는 바람에 거짓 자백을 했다는 것입니다.

간혹 제정신이 약간 돌아오면 그는 갑자기 자신의 재주를 자랑삼습니다. 어느 누구에게 하는 말이 아니라, 혼자서 자랑을 늘어놓는 것입니다. 자신을 폐차장에 벌거숭이로 세워 놓아도 자동차 서너 대는 거뜬히 조립할 수 있다는 것입니다. 그 차를 타고서 벤츠와 경주를 벌여도 지지 않을 자신이 있다는 것입니다. 그러나, 불행히도 이곳은 폐차장이 아니라 감방입니다. 그래서, 그는 혼자 울고 혼자 괴로워하는 것으로 징역살이를 거의 다 하고, 이제 저 무궁무진의 보석들로 뒤덮인 폐차장에 들어설 수 있는 날을 다섯 달 남겨 놓고 있을 뿐입니다.

그러나, 남은 다섯 달이 그에게는 쉽지가 않을 것 같

someone did catch him, then he could spend winter in prison, where there was a roof over his head and walls blocking out the cold wind.

"They feed you, keep you warm, and give you a room, so what's there to worry about? Who'll do that for you on the outside? Nobody! Do I have any friends outside? No! In prison, you can make friends without even trying. It's true that your only friends are your cellmates, but that's better than having no friends!"

"Look! What is life? I used to be successful. I used to handle billions. That's all nothing now! Life is the same whether you handle billions with one hand or beg for rice rubbing both hands together. Morality doesn't mean anything. We're all human beings, but if a husband lets his wife go into his friend's bed in one place, the same thing calls for murder in another. It's best to live as you please. I'm comfortable. I bet I'll live to a hundred. Hey, it's your turn. Concentrate on your game! Worrying about your kid again? They'll live whether you worry about them or not. Make your move!"

He could either be a hermit or a complete wreck. Well, a hermit and a wreck might be different sides of the same hand.

습니다. 오영한을 유혹하는 데에 실패한 권 집사가 얼마 전부터 똥별을 유혹하기 시작한 까닭입니다. 권 집사가 이번에 구사한 방법은 좀더 입체적이었습니다. 적어도 처음에는 말입니다. 같이 기도를 하자거나 성경공부를 하자고 권하기도 하고, 〈겉옷을 원하는 자에게 속옷까지 벗어주라〉는, 그가 가장 좋아하는 예수의 말을 인용하면서 담배를 주기도 하고, 사식을 주기도 하면서 어르다가 말을 안 들으면 가혹하게 학대를 하는 것입니다. 그런 방법을 번갈아가며 썼습니다. 학대라는 것이 천하의 접시꾼이라는 사람이 고안한 방법치고는 좀 조잡하기는 합니다. 방을 쓸어라, 마루를 닦아라, 뺑키통을 청소해라, 빨래를 해라……. 다행히 몸을 쉬임없이 움직이는 것은 똥별의 취미이기 때문에 그는 그런 일을 별로 어려워하지 않습니다. 다만 이따금 권 집사가 그의 몸을 더듬으면 마치 사자에게 물린 사슴처럼 금세 비명을 지르며 닭똥 같은 눈물을 흘릴 뿐입니다. 권 집사도 요즘은 지쳤는지, 그에게 담배를 주거나 사식을 사 주는 법은 없이, 그가 눈에 띄기만 하면 그저 못살게 굽니다. 방구석이 왜 이 모양이야, 이년아? 걸레질 다시 한번 해. 저 망할 년이 걸레 하나 빠는 데 물을 얼

No. 5211 Kwak Won-jong always acted like an old hermit with the other hermit-like old man. But Kwak Won-jong wasn't really old. He was in his early fifties, middle-aged. His hair was completely white, though, which made his cellmates treat him like he was older. He took that treatment for granted.

He was also a thief, sentenced to a year and half term. His face was the size of a fist and was completely wrinkled like a chimpanzee's. His eyes were extremely tiny, as if God had almost forgotten to make them and then simply added two dots, saying, "Whoops." They were also slightly crossed. His eyes, shining and melancholy, expressed all kinds of worries. He always spoke as if he was annoyed. Even when he was laughing, there was an undertone of annoyance.

His wife sometimes visited him and deposited money. But, Kwak Won-jong wasn't happy about this. On the contrary, he complained, asking her not to visit him, not to deposit money, and not to order private meals for him. He thought that she shouldn't visit him or deposit money when his family was struggling financially. He didn't spend the money his wife deposited, but saved it. He also

마를 쓰는 거야? 너 내일부터 일주일 동안 세수하지 마. 저년이 방 청소 하라니까 뻥키통은 그냥 내버려뒀네. 뻥키통도 깨끗이 닦아, 이년아. 밥알이 떨어져도 핥아 먹을 수 있도록. 오늘 저녁부터는 넌 정말 그 안에서 밥 처먹게 해줄 테니까. 청소 다 했으면 뻥키통 옆으로 찌그러져, 이년아. 좆 꼴리는데 왜 암내 피우면서 왔다 갔다 하는 거야, 빌어먹을 년이.

감방 식구들은 그런 소리를 들으면 킬킬거리며 웃어댑니다. 가장 요란스럽게 웃어대는 사람이 두 늙은이 중에 한 사람인 상습 절도범 3591번 김영기입니다. 그는 범털인 권 집사에게 빌붙으면 담배 한 모금이라도 더 빨고, 사식 한 번이라도 더 얻어먹을 수 있을까, 싶은 것이지만, 권 집사는 화를 냅니다.

「뭐가 좋아서 이빨 내놓는 거야, 저 늙은이는? 좋기도 하겠다 그래. 징역살이 체질이시니.」

정말 김영기는 징역살이 체질인 것 같습니다. 아니, 어쩌면 약간 비굴하기는 하지만 아이처럼 천진난만하다고 해야 할지도 모릅니다. 그 역시 면회 오는 사람이 없는데, 그는 면회를 전혀 기다리지 않습니다. 그는 날이 추워질 만하면 일부러 사소한 절도를 저지른다고 합

tried not to even smoke the cigarettes the Chief distributed for free. He wanted to take this opportunity to quit smoking. But, the Chief and the Food Chief almost forced him to smoke, because they were worried that he might snitch to the prison authorities if there was an opportunity.

He worried about his family often. He worried while playing *paduk*. He worried while working. He worried about his kid one day, his wife the next, and their livelihood the day after that. He never stopped.

"This son of mine is probably playing hooky right now... He doesn't listen to his mother or sister. He only pretends to listen when I pick up a club. How are you supposed to raise a kid like that? When he was preparing for the college entrance exam, he still dared to drink and smoke, and then threw a tantrum at his mother for not giving him any drinking money..."

He wondered if his wife made enough for his family not to starve. His wife couldn't move around very much because of her bad back, especially on a rainy day. He wished the winter would go by fast so his wife would suffer less. When he wasn't worrying, he spent time regretting. He shouldn't have

니다. 들키지 않으면 훔친 물건을 팔아 며칠 동안 술에 밥에 편하게 지내는 것이요, 들키면 지붕이 하늘 가려주고 벽이 찬 바람 막아주는 감방에 들어와서 겨우살이를 하는 것입니다. 밥 주고, 이불 주고, 방 주는데 걱정거리가 뭡니까? 밖에 나가면 누가 그런 것 주는 사람 있습니까? 없습니다. 밖에 나가면 친구 있습니까? 없습니다. 감방에서는 친구도 절로 생깁니다. 한 방에 갇혔으니, 어쩔 수 없이 친구가 되는 것이기는 하지만, 없는 것보다는 훨씬 낫고말고요.

「봐라. 인생살이가 뭣이냐? 내가 한때는 억만 금을 주무르던 사람이여. 다 일 없더라. 한 손으로 억만 금을 주무르나 길바닥에 깡통 놓고 벌건 손 두 손 싹싹 비벼대면서 밥 빌어먹으나 인생살이가 다를 게 없어. 윤리 도덕도 다 헛거여. 똑같은 사람이 사는데, 어떤 세상에선 친구 오면 마누라 이불 속에 넣어주는 것이 대접이고 어떤 세상에선 살인 날 짓이여. 제 속 편헌 대로 사는 게 제일이여. 난 참 속 편혀. 아마 이렇게 백 살까지는 살 거다. 이놈아, 바둑 둬. 바둑 두다 말고 또 자식새끼 걱정이냐? 걱정을 혀도 살고 걱정을 안 혀도 산다. 돌이나 놔라.」

left his home village. He would have worked as a tenant farmer, but his family wouldn't have starved if he was a farmer, would they? If you can live without starving, that was paradise. He didn't know it then. What a stupid idea it was to move to Seoul! Both his wife and kids had turned out strange. He ended up in a place like this at this age... How could he teach his children after this? He was done for. He had to return home and work as a tenant farmer. He should just eat rice, see his children grow... He could raise a cow or two, and a few pigs. He should have lived like that. Why on earth did he come to Seoul? What kind of great life had he dreamed of?

But in prison, you couldn't worry as you pleased. Deacon Gwon never failed to remind him, "Stop complaining, you fake old man! That's why your hair's white! You're lucky you haven't lost all of it already. Why does a younger man like you cry all day like an old, senile man?"

Sometimes, although very rarely, people talked back to Deacon Gwon. Kwak Won-jong did. He glared at Deacon Gwon with his mildly crossed eyes and wrinkled face, and shot back, "Why is it your business if I worry about my affairs? Who

어떻게 보면 신선 같고 어떻게 보면 폐인 같은 얘깁니다. 하기야 어쩌면 신선과 폐인은 손바닥의 앞뒤 같은 것인지도 모릅니다.

그 신선 아닌 신선과 늘 신선놀음을 하는 5211번 곽원종은 늙은이라고는 했지만 사실은 아직 중년, 오십대 초반의 나입니다. 그런데, 머리칼이 온통 백발이어서 감방 식구들이 늙은이로 취급하고, 또 자신도 그런 취급을 받는 것을 당연히 여깁니다. 역시 절도, 형량은 1년 반입니다. 주먹 크기밖에 안 되는 얼굴은 침팬지의 그것처럼 주름살로 쭈글쭈글합니다. 조물주가 깜빡 잊고 그냥 지나갈 뻔했다가 아차, 싶어 꾹 찍어 놓은 듯 작은 눈이 조금 사팔입니다. 그런데, 그 눈에는 온갖 걱정이 다 담겨 음울하게 번들거립니다. 그의 말씨에는 늘 짜증기가 섞여 있습니다. 심지어는 그가 웃을 때에도 그 웃음소리의 밑바닥에는 짜증이 깔려 있는 것처럼 들립니다.

그에게는 이따금 마누라가 면회를 와서 돈도 넣어주고, 사식도 넣어줍니다. 그렇지만, 곽원종은 그것을 전혀 반가워하지 않습니다. 오히려 면회도 오지 말라, 돈도 넣지 말라, 사식도 넣지 말라고 마누라에게 투정입

gives a fuck!"

The Chief was afraid of conflicts. Conflicts could bring bad blood, which could produce a snitch. That's why he put an end to the quarrel in a flash. "Deacon Gwon, why are you fretting like a puppy with piles? You're making everyone in this cell un-comfortable!"

Deacon Gwon usually listened to the Chief. When the atmosphere seemed to have cooled down a little, the Food Chief lit cigarettes and distributed them amongst the cellmates. They made peace, smoking like Native Americans in the old days. For the Chief, there was a good reason for all of this. Reconciliation and peace were very important. There couldn't be any trade without reconciliation and peace. If peace were broken in the cell, his secret supplier would scare and cut off Jeong's supply. The Chief was planning to save 100 million *won* by the time they discharged him. This wasn't impossible. A pack of Sol, which cost 200 *won* out-side, was 200 thousand *won* in prison. To the Chief, his life in prison wasn't just life in prison. It was business.

Actually, Chief Jeong Tae-seon was more wor-ried about No. 297 Sim Yeong-bae than these triv-

니다. 가족들 먹고 살기도 힘드는데 면회 올 것도 없고 돈 넣을 필요도 없다는 거지요. 마누라가 넣어준 돈도 그는 한 푼 쓰지 않고 꼭꼭 감춰둡니다. 그는 감방장이 돌리는 담배도 피우지 않으려고 했습니다. 이 기회에 담배나 끊겠다는 결심이었습니다. 그러나, 담배를 피우지 않았다가는 혹시 기회가 생기면 교도소 당국에게 밀대짓을 하게 될지도 모른다는 것을 우려한 감방장과 배식반장이 거의 억지로 담배를 피우게 만들었습니다.

그는 시시때때로 가족들 걱정입니다. 바둑을 두다가도 걱정, 작업을 하다가도 걱정, 하루는 자식 걱정, 하루는 마누라 걱정, 또 하루는 먹고 살 걱정, 걱정이 그칠 새가 없습니다. 이놈이 틀림없이 또 학원도 제대로 안 나가고 농땡이나 부리고 다닐 게 뻔한데……. 마누라 말도 안 들어, 제 누나 말도 안 들어, 매나 들어야 겨우 말 듣는 시늉을 하니 도대체 이놈의 자식을 어떻게 키워야 하지? 재수하는 놈이 어디서 술 담배는 일찍 배워서 에미한테 술 값 안 준다고 행패나 부리고……. 마누라 벌이로 밥이나 끓여 먹는지 몰라. 마누라가 날만 궂으면 허리 아파서 사지를 못 쓰는데, 이놈의 겨울이 빨리 가야 좀 덜할 텐데……. 걱정을 하지 않을 때는 후회

ial quarrels. Sim Yeong-bae had been transferred to his cell seven months ago. He was transferred because the authorities had decided to break up Sim's previous cell. This kind of breaking-up was extremely rare. Unless something big happened like a jailbreak or a murder, the prison authorities almost never broke cells and separated its mates. According to rumors, the authorities had broke up Sim's room because of him. Rumor had it that Sim had snitched about everything: smoking, homosexual activities, the Chief and the Food Chief extorting other cellmates' deposits. There was also a rumor that Sim snitched for the Chief of the security department.

But Jeong Tae-seon didn't think Sim was a snitch. He didn't think that the prison authorities would use someone as crazy as Sim. Then, why would Sim? There could be only one reason. His previous cellmates must not have respected him enough as a long-term prisoner. So, Jeong Tae-seon treated Sim with exceptional care. Sim slept near the toilet only because Sim wanted it. Jeong Tae-seon gave Sim a private blanket. Whenever he circulated his cigarettes, he gave one to Sim first at least once a day. Also, whenever he distributed private food like

를 합니다. 고향을 뜨는 게 아니었어. 아무리 소작질이지만 농사짓는 놈이 밥이야 굶겠어? 밥 안 굶고 살면 그것이 극락인데, 그걸 몰랐어. 무슨 욕심이 그리 나서 서울로 올라섰는지……. 마누라는 마누라대로, 자식새끼들은 자식새끼들대로 다 이상해지고, 이 나이에 이런 데까지 들어와서 사람 꼴이 이렇게 한심해서야 어디……. 자식들이 무슨 나쁜 짓을 해도 이제 무슨 낯으로 꾸중할 거야? 조져 버렸어. 다시 고향으로 내려가야지. 또 소작농사나 짓는 거야. 밥이나 끓여 먹고, 자식들 크는 거나 보고……. 소나 한두 마리 치고 돼지도 몇 마리 치면서, 그럭저럭 지내는 건데 무슨 영화를 보겠다고 서울로 올라와서…….

그러나, 감방에서는 걱정도 마음대로 못 합니다. 권 집사가 여지없이 호통을 치는 까닭입니다.

「고만 좀 해, 이 겉늙은이야. 그러니 백발이 안 돼? 그 머리까지 다 빠지지 않는 게 다행이지. 나이도 얼마 안 처먹은 게 어째서 하루 종일 노망난 늙은이처럼 징징거리고 다녀.」

지극히 드문 일이기는 하지만 때로 그런 권 집사에게 반발하는 사람이 생깁니다. 이를테면, 바로 곽원종 같

pastries, fruit, and roasted chicken, he gave Sim more than everyone else. Thanks to these efforts, Sim lived peacefully and quietly, as if he was sleeping all the time.

Jeong Tae-seon wished with all his heart that he could live quietly and peacefully, without an incident until the day of his release. He hoped that he could rent a small convenience store with his 100 million *won* and live quietly without ever having to go to prison again. That was his only wish.

3

It all started with a pair of underwear.

Deacon Gwon took all the hot water they had got for the day and went to the washroom to take a shower. He came out stark naked, stood in the middle of the cell, and began untying his bundle to remove a pair of underwear. But he couldn't find it. There should have been a pair of underwear—an unopened undershirt and pair of shorts—but they were nowhere to be found.

"Who did this? Which son-of-a-bitch took them?" he yelled. His dark penis dangled back and forth between his legs. Everyone avoided his eyes.

은 사람입니다. 그 쭈글쭈글한 얼굴에 약간 초점이 맞지 않는 눈으로 권 집사를 쳐다보며 쏘아붙이는 것입니다.

「내가 내 징역 살면서 내 걱정 하는데, 네가 무슨 상관이야? 별 개 같은 꼴을 다 보겠네.」

감방장은 분쟁을 두려워합니다. 역시 그런 분쟁으로 서로 간에 감정이 악화되면 밀대가 생길 우려가 있기 때문입니다. 그래서, 한마디로 분쟁을 끝냅니다.

「권 집사, 치질 걸린 개새끼처럼 왜 그리 안달이야? 당신 때문에 어디 징역살이 불안해서 하겠어?」

권 집사는 감방장의 말이라면 곧 듣습니다. 배식반장이 눈치를 봐서 분위기가 좀 풀렸다 싶으면 담배에 불을 붙여 식구들 모두에게 돌립니다. 마치 아메리카 대륙의 옛 인디언들처럼, 그들은 담배를 피우며 화해합니다. 거기에는 사려 깊은 까닭이 있습니다. 감방장은 이번 징역살이를 하는 동안 최소한 1억 원을 벌어서 나갈 생각입니다. 그것은 불가능한 목표가 아닙니다. 밖에서 2백 원 하는 솔 담배 한 갑이 이곳에서는 20만 원입니다. 따라서, 그에게는 화해와 평화는 아주 중요한 일입니다. 화해와 평화가 없이는 장사도 없습니다. 방 안의 평화가 깨지면 그의 비선(祕線)이 겁을 먹고 담배 공급

"Fine! I'll find out who did this no matter what! Who would dare to steal from my bundle? Food Chief, please lend me a pair of underwear!"

The Chief had piles of underwear. Underwear was currency in prison. After putting on the underwear the Food Chief handed him, Deacon Gwon began to press his cellmates as if he were a detective. He was suspicious of the poor because their families didn't visit them: Park Gyu-sik, Dung Star, Sim Yeong-bae, and Kim Yeong-gi. Sim Yeong-bae just stared off into the air as if he hadn't heard anything. The rest looked scared lest they would be pointed out as a suspect. But no one came forward. Although Deacon Gwon ransacked their bundles, he couldn't find his underwear. His investigation had hit a dead end. But Deacon Gwon was not one to give up.

"Stand up and take off your pants!" he ordered.

He wanted to see their underwear. Kim Yeong-gi stood up first and pulled his pants down. He was wearing a dirty pair of shorts. Deacon Gwon giggled and said, "Please change your underwear more often. What is it that you're wearing? An old man like you?"

Kim Yeong-gi also laughed, and Jeong Tae-seon

을 중단할 것입니다. 그러니까, 그에게는 징역살이는 단순히 징역살이가 아니라 사업인 셈입니다.

사실 감방장 정태선이 가장 우려하는 것은 그런 사소한 다툼보다는 297번 심영배입니다. 심영배가 이 방으로 옮겨온 것은 일곱 달 전입니다. 심영배가 있던 방이 깨졌기 때문입니다. 징역살이에서 방이 깨지는 것은 극히 이례적인 일입니다. 탈옥수가 생기거나 살인이 벌어지는 따위의 큰 사건이 벌어지지 않으면 교도소 당국은 방을 깨어 그 방에 살던 수인들을 따로따로 이 방 저 방으로 흩어버리는 일은 좀처럼 시도하지 않습니다. 소문에 따르면 그 방이 깨진 것은 심영배 때문이었습니다, 그가 그 방 안에서 벌어지는 흡연, 남색, 감방장과 배식반장의 영치금 갈취 따위의 온갖 범칙 행위들을 교도소 당국에 밀고했다는 것입니다. 심영배가 보안과장의 밀대라는 소문도 있습니다. 그러나, 정태선이 보기에 심영배는 밀대는 아닙니다. 교도소 당국이 저런 정신 나간 녀석을 밀대로 삼을 리는 결코 없습니다. 그렇다면, 어째서 심영배가 그런 짓을 했을까요? 이유는 하나뿐입니다. 명색이 장기수인데, 그 방 녀석들이 장기수 대접을 소홀히 한 것이었겠지요. 그래서, 정태선은 심영

and Han Gyu-il laughed aloud, too. Everyone began to hope that this would all end as a big joke. Dung Star stood up and pulled his pants down. There were holes in his shorts, so it was clear that they weren't Deacon Gwon's. Still, Deacon Gwon insisted that he should check their brand himself. It was a different brand from that of his shorts.

"Fine, you can put your pants back on." Deacon Gwon laughed, "or, you can take off the rest of your clothes."

Surprisingly, Dung Star replied, "Don't you always tell us, 'If someone wants your coat, give him your underwear, too'?"

Everyone burst into laughter. Only Dung Star and Sim Yeong-bae didn't laugh. No, there was one more person who didn't laugh. It was Deacon Gwon. His face flushed. Before Dung Star could react, Gwon leapt onto Dung Star like a mad man. He smacked him right in the face, and Dung Star crashed into the ground. Deacon Gwon began to stomp on Dung Star's prostrate body. The Chief decided that it was too late for him to stop him. He looked at the Food Chief and spat out, "Blanket!"

The Food Chief shot up, took a blanket down from the pile in the corner of the cell, and covered

배를 남달리 취급합니다. 뼁키통 근처가 그의 잠자리로 정해진 것은 오직 심영배 자신이 원했기 때문입니다. 정태선은 심영배에게 사제 담요를 한 장 선사했습니다. 뿐만 아니라, 담배를 돌릴 때도 하루에 한 번씩은 심영배를 첫 번째 순서로 지명하고, 빵이나 과일, 통닭 따위의 사식을 분배할 때도 그에게는 좀더 많은 양을 제공합니다. 그런 식으로 그를 무마한 결과 지금까지 심영배는 아무런 불만도 내놓지 않고 조용히, 잠든 것처럼 조용히 지내고 있습니다.

정태선은 출감하는 날까지 이렇게 조용히, 평화롭게, 순조롭게 살 수 있기를 간절히 바랍니다. 그리하여, 1억 원을 벌어 가지고 나가면 그 돈으로 작은 구멍가게나 하나 얻어서 다시는 범죄밥 먹지 않고 조용히 살 수 있게 되기를 바랍니다. 그에게는 그 이상의 소망은 없습니다.

3

사건은 속옷 한 벌에서 시작되었습니다.

그날 받아온 온수를 욕심스럽게 통째로 들고 뒷간에

Dung Star and Deacon Gwon, still struggling on the floor. This was a measure to prevent their voices from escaping to the corridor, keeping them from tipping the prison guards about the fight. But Dung Star only moaned. It was Deacon Gwon yelling. He cursed like a mad man and kept pummeling Dung Star with his hands and feet.

Suddenly, they all heard a dog barking loudly somewhere. Surprised, everyone turned to see where the barking was coming from. It was Sim Yeong-bae. He was barking like a dog again.

You couldn't tell it wasn't a dog. Everyone forgot themselves and looked at him. He growled this time. His face twisted up and he even looked like a dog. Sim bared his teeth, his molars, his fangs, even his gums. Drops of saliva spurted out of his mouth. Even his face suddenly turned dark red. His eyes shone like a luminary. At least, in that moment, he was a dog, not a human being. He looked like a dog to everyone there.

It was at that moment that he attacked Deacon Gwon. Half of his upper body had been out of the blanket while he was struggling with Dung Star. Someone cried out. He thought that Yeong-bae would bite Deacon Gwon. But, Yeong-bae didn't

들어가서 목욕을 하고 나온 권 집사는 벌거숭이 몸으로 감방 한가운데에 버티고 서서 어어, 시원하다, 하면서 속옷을 입기 위해 자신의 징역살이 보따리를 풀었습니다. 그런데, 속옷이 없었습니다. 분명히 아직 남아 있어야 할, 아직 포장지도 뜯지 않은 러닝셔츠와 팬티 한 벌이 보이지 않았습니다.

「누구야? 어떤 새끼가 가져갔어?」

그는 사타구니 밑에 시커먼 성기를 덜렁거리며 고함을 질렀습니다. 모두가 그의 눈길을 피했습니다.

「좋아. 어떤 놈이 범인인지 내가 밝혀내고 말 테니까. 감히 내 보따리에 손을 대? 배식반장, 속옷 있으면 한 벌만 빌려줘.」

감방장에게는 속옷이 쌓여 있습니다. 징역살이에서는 속옷이 곧 화폐의 역할을 하는 까닭입니다. 배식반장이 내놓은 속옷을 입은 권 집사는 마치 수사관이나 된 듯이 사람들을 다그치기 시작했습니다. 그가 혐의를 둔 것은 가족들이 면회를 오지 않아 돈이 없는 사람들, 그러니까 박규식, 똥별, 심영배 그리고 김영기였습니다. 심영배는 들은 체 만 체, 허공만 쳐다보고 있었고, 나머지 사람들은 혹시나 혐의가 떨어질까 봐 불안에 질

bite him. He kept growling, thrusting his dark red face into Deacon Gwon's. Deacon Gwon scrambled to his feet and slowly backed away. Yeong-bae didn't press him, but he kept growling, glaring at him.

"What is th-a-a-a-t son-of-a-bitch doing?" Deacon Gwon said. He sounded like a dog whining for help. But, no one came forward. No one even responded. Everyone was still in shock and looking at Yeong-bae. No, a dog that had suddenly appeared in the middle of their prison cell.

Slowly, Dung Star got out of the blanket, sat down, and wiped blood off his nose. His face was completely black and blue. When he spat, blood poured out. Yeong-bae barked at Deacon Gwon again and then kept growling.

"Let's stop, ok? We're all cellmates, why are we fighting?" The Chief had managed to gather his thoughts. Deacon Gwon, still terrified, couldn't take his eyes off Yeong-bae. Yeong-bae kept on growling at him like a dog, baring his teeth and contorting his dark red face.

Eventually, Yeong-bae's face began to relax and his teeth retreated behind his lips. The Chief was busy saving the situation. He told the Food Chief,

린 모습이었습니다. 그러나, 자수하는 사람은 없었습니다. 그들의 보따리를 모두 뒤져 보았지만, 권 집사의 속옷은 나타나지 않았습니다. 수사는 곧 한계에 부딪쳤습니다. 그러나, 포기할 권 집사가 아닙니다. 그는 이렇게 선언했습니다.

「일어나서 바지를 내려봐.」

바지를 내려서 속옷을 보이라는 것이었습니다. 김영기가 제일 먼저 일어나 바지를 내렸습니다. 누렇게 때에 찌든 속옷이 드러났습니다. 권 집사는 킬킬거리며 말했습니다.

「속옷 좀 갈아입고 사쇼. 그게 뭐요, 노친네가?」

김영기도 킬킬거렸고, 정태선과 한규일도 웃어댔습니다. 얼마간 이 일이 이렇게 웃음으로 끝나게 될지도 모른다는 낙관적인 분위기가 생겼습니다. 똥별도 일어나서 바지를 내렸습니다. 그의 속옷에는 구멍이 나 있었고, 그러니까 도난당한 속옷이 아니라는 것이 확실했는데도, 권 집사는 굳이 그의 속옷 상표를 확인했습니다. 상표도 달랐습니다.

「좋아. 입어. 아니면 다 벗어버리든지.」

권 집사가 느물느물 웃으며 똥별에게 말했습니다. 그

"Pass some cigarettes out, will you?"

The Food Chief quickly lit a few cigarettes and passed them around. Walking slowly backwards, Yeong-bae returned to his corner. Deacon Gwon still couldn't understand what the hell had just happened. The other cellmates felt the same way. They were all horrified. They still had goose bumps. How could a human being become like that? Was Yeong-bae a dog, not a human being? But, Yeong-bae now just sat calmly staring into the air. He had already returned to his half-conscious world of dream and sleep.

Dung Star began to weep. The Food Chief handed him a cigarette, "Don't cry, don't! A guy crying about something like this?"

Dung Star began mumbling something. People couldn't really make out what he was saying over his tears.

"Where the shooting star dropped/ I marked the place in my mind./ I planned to go there the next day,/ I planned and planned,/ But now I'm all grown up."

러자, 그때 똥별이 불쑥, 한마디 했습니다.

「예수는 겉옷을 원하는 자에게 속옷까지 벗어주라고 했다면서요?」

방 안에 웃음이 터졌습니다. 웃지 않는 사람은 똥별 자신과 심영배뿐이었습니다. 아니, 또 한 사람이 있었습니다. 권 집사였습니다. 그의 얼굴이 갑자기 시뻘겋게 달아오르더니, 그는 광포한 기세로 똥별에게 덤벼들었습니다. 권 집사의 주먹을 얼굴에 맞은 똥별은 꽈당, 마룻바닥에 나가떨어졌습니다. 권 집사는 쓰러진 똥별의 몸뚱이를 타고 앉아 때리고 짓밟았습니다. 감방장은 사태를 수습하기에는 너무 늦었다고 판단했습니다. 그는 배식반장에게 눈짓을 하며 짤막하게 내뱉었습니다.

「이불.」

배식반장은 날렵하게 일어나 한쪽 구석에 쌓여 있던 이불을 펴서 마룻바닥에 쓰러져 뒹구는 똥별과 권 집사에게 덮어씌웠습니다. 두 사람이 질러대는 소리가 복도 밖까지 나가서 교도관에게 들키는 일이 없도록 한 것입니다. 그러나, 똥별은 이따금 신음소리를 낼 뿐이었습니다. 큰 소리를 내는 것은 오히려 권 집사였습니다. 그는 온갖 욕설을 다 퍼부으며 주먹질 발길질을 계속했습

4

That night, Deacon Gwon's wish came true. He finally took Dung Star under his comforter. At lights out, he told Dung Star, "Hey, come here!"

Dung Star stopped in the middle of making his bed and stood still. He stared at Deacon Gwon. Deacon Gwon's bed had already been made. Although his wasn't as big or luxurious as the Chief's, it was still very big and comfortable with two layers of private comforters. Deacon Gwon pressed him, glaring at Dung Star, "You're not coming?"

Dung Star left his blanket and stood in front of Deacon Gwon. Gwon ordered again, "Get in under that comforter!"

Without a word, Dung Star lay down under the comforters. Gwon lay beside him. People watched anxiously for Sim Yeong-bae's response. They were worried about what kind of crazy shit he would do this time. But, Sim was focused on making his own bed.

From the next day on, Dung Star sat next to Deacon Gwon. He smoked right after Deacon Gwon, too. Sometimes, he received his cigarette even before the Deacon. He received better private

니다.

그땝니다. 웡웡. 어디선가 개가 큰 소리로 짖었습니다. 사람들은 모두 놀라 그쪽을 돌아보았습니다. 심영배였습니다. 웡웡. 그가 다시 개 짖는 소리를 냈습니다. 개 짖는 소리와 구별할 수 없을 정도로 똑같았습니다. 사람들은 넋을 잃고 그를 쳐다보고 있었습니다. 으르르르. 이번에는 개가 화가 나서 위협할 때에 지르는 소리였습니다. 영배의 표정까지도 개와 흡사했습니다. 그는 얼굴을 험악하게 찌푸리고, 입 안의 모든 이를, 송곳니와 어금니까지 드러내고, 잇몸까지 드러내고 연이어 개처럼 으르렁거렸습니다. 그 입에서 침이 툭툭, 튀어나왔습니다. 얼굴까지도 검붉은 색으로 돌변했습니다. 눈이 발광체처럼 번쩍거렸습니다. 적어도 그 순간, 그는 사람이 아니라 개였습니다. 모든 사람들의 눈에 그렇게 보였습니다. 그가 돌연 권 집사에게 덤벼든 것은 그때였습니다. 권 집사가 몸부림을 치는 사이에 이불이 반쯤 벗겨져 그의 상체가 드러나 있었습니다. 누군가가, 아, 하고 짧게 비명을 질렀습니다. 영배가 권 집사를 물 것이라고 생각한 것입니다. 그러나, 영배는 물지는 않았습니다. 그는 화가 난 개의 얼굴을 방불케 하는 잔뜩

and more food. In the workplace, Deacon Gwon made sure that Dung Star got easier work and preferential treatment, and the foreman pretended not to notice it.

But, Dung Star decided he didn't like it. He tried sitting at his original spot beside Sim Yeong-bae. He tried to return to the original smoking order. He also tried not to get better and more private food. In the workplace as well, he avoided Deacon Gwon and worked as hard as before whenever possible. He tried very hard to show his cellmates and himself that, although he had allowed himself to be threatened into sex, he wasn't accepting anything in return. In other words, he was making sure that everyone understood that he was being raped and not selling his body.

But, Deacon Gwon couldn't accept this. He bought two roasted chickens. He gave one to the Chief, and put the other in front of himself. He took off a leg and handed it to Dung Star, who shook his head. Deacon Gwon offered again and Dung Star refused again. Deacon Gwon's eyes bulged. He offered again, his face now stone hard. Dung Star refused.

Deacon Gwon threw the chicken leg at Dung

찌푸린 검붉은 낯을 권 집사의 얼굴에 들이대고 계속해서 크르르르, 크르르르 소리를 냈습니다. 권 집사는 화들짝 놀라 벌떡 일어나며 뒷걸음질했습니다. 영배는 그에게 다가가지는 않은 채 여전히 그를 쏘아보며 으르렁거렸습니다.

「저, 저 새끼 왜 저래?」

권 집사가 더듬거렸습니다. 그것은 도움을 청하는 한 마리 개의 비명소리와 다름없었습니다. 그러나, 도와주는 사람은 없었습니다. 대답하는 사람도 없었습니다. 모두가 충격 속에서 영배를, 아니, 졸지에 감방 안에 나타난 한 마리의 개를 쳐다보고 있을 뿐이었습니다.

꾸물꾸물, 똥별이 이불을 들치고 일어나 앉아서 코에서 흘러내리는 피를 닦았습니다. 그의 얼굴 여기저기에 멍이 들어 있었습니다. 침을 퉤, 뱉자 입에서 피가 쏟아졌습니다. 컹. 영배는 권 집사를 향해 다시 한 번 큰 소리로 짖어대고 계속해서 으르렁거렸습니다.

「고만 둬라, 고만 둬. 다 같이 징역살이 하는 처진데, 왜들 그러냐?」

감방장이 정신을 차려 한마디 했습니다. 권 집사는 여전히 겁에 질려 영배에게서 시선을 옮기지 못하고 있었

Star, made a fist, and attacked him. "Are you going to eat it or do you want to die?" Kim Yeong-gi quickly picked up the chicken leg and came to Dung Star.

"Eat it! Think about the person who's giving it to you!" Dung Star took it and began crying. He cried and slowly brought the chicken leg to his mouth.

At that very moment, someone suddenly announced, "People consider the wolf or the jackal to be the dog's ancestor."

Everyone stopped chewing and turned. It was Sim Yeong-bae. He was staring off into the distance with dreamy, blank eyes, muttering as if he was reading a book, "Other scholars believe that the dingo, a wild Australian dog, or an extinct wild species that inhabited South Asia semi-wildly, and was very similar to the modern day dog, was the dog's ancestor."

What was he saying? Half frightened and half curious, all the cellmates forgot their chicken and stared at him. Sim Yeong-bae's voice became louder and clearer. The sound of Dung Star's crying grew louder, but no one was aware of it. Everyone forgot themselves because of Sim. They weren't sure why he, who hadn't said a word all the

고, 영배 역시 여전히 한 마리 개처럼 잔뜩 찡그린 검붉은 낯으로 이를 드러낸 채 그를 향해 으르렁거렸습니다. 그러나, 차츰 영배의 얼굴은 제 색을 되찾았고, 이도 입술 아래 감춰졌습니다. 감방장은 사태를 수습하기에 바빴습니다.

「담배나 돌려라.」

배식반장은 부지런히 담배에 불을 붙여 돌렸습니다. 영배는 천천히 뒷걸음질하여 제자리로 돌아갔습니다. 권 집사는 아직도 무슨 일이 벌어진 것인지 영문을 알 수 없었습니다. 영문을 알 수 없기는 다른 사람들도 모두 마찬가지였습니다. 그들은 무섭고 소름이 끼쳤습니다. 어떻게 사람이 저런 모습이 될 수 있을까요? 영배는 사람이 아니라 개일까요? 그러나, 이제 영배는 조용한 얼굴로 오직 허공에 눈을 던져 놓고 있을 뿐이었습니다. 어느새 저 혼수(昏睡)의 잠과 꿈속으로 돌아가 버린 것입니다.

똥별이 훌쩍거리기 시작했습니다. 배식반장이 그에게 담배를 권하며 말했습니다.

「울지 마라, 울지 마. 사내자식이 이런 일로 뭘 그러냐?」

while, had suddenly became so loquacious. Because they didn't know why, they felt even more uncomfortable.

"The oldest record of dog domestication was found in a Persian cave. Archaeologists estimate this happened around 9,500 B.C. The next record was found in Senckenberg, Germany, approximately 9,000 B.C. The dog in Senckenberg looks exactly like the Australian dingo in its skull shape and size. This attracted wide attention from scholars. Archaeologists excavated evidence of various breeds of domestication during what they determined to be roughly around the Neolithic Age. Scholars and archaeologists concluded that domestication began during the fourth Ice Age."

The Food Chief whispered to the Chief, "Is that fucker going to bark again?"

The Chief couldn't help feeling that Sim Yeong-bae was a dog, not a human being. He answered, "Don't provoke him!" and calmly brought his chicken to his mouth.

"There is a breed native to Africa, which has a breeding season only once a year, in the fall. Considering this, we can assume that dogs originally had only one breeding season a year like other an-

똥별의 입에서 웅얼웅얼 말소리가 새어 나왔습니다. 울먹임과 뒤섞여서 그 소리는 다른 사람들에게는 거의 들리지 않았습니다.

「별똥 떨어진 곳, 마음해 두었다, 다음날 가 보려, 벼르다 벼르다 인젠 다 자랐소…….」

4

그날 밤, 권 집사는 그토록 오랜 동안의 소원을 하나 풀었습니다. 마침내 똥별을 제 이불 속으로 끌어들인 것입니다. 권 집사는 취침 시간이 되어 이부자리를 펼 때가 되자 똥별에게 말했습니다.

「너 이리 들어와.」

똥별은 이부자리를 펴다 말고 우뚝 멈춰 서서 물끄러미 권 집사를 쳐다보았습니다. 권 집사의 침구는 이미 펼쳐져 있었습니다. 감방장의 침구처럼 널찍하거나 호사스럽지는 못했지만 다른 수인들의 잠자리보다는 훨씬 넓은 자리를 차지하여 사제 담요를 두 장 덮은 제법 편안한 자리였습니다. 권 집사가 눈을 부라리며 재촉했습니다.

imals, but gradually came to have irregular ones as they were domesticated. Dogs give birth the most in the spring and fall. The pregnancy lasts sixty-two to sixty-eight days. They give birth to one to twelve puppies, and on average four to six puppies. Dogs ordinarily lactate six to seven weeks. After around four weeks, the mother regurgitates its half-digested food and feeds it to the puppies. Dogs usually live twelve to sixteen years. The female dog's reproductive capacity reduces when it is five years old. A female dog loses its reproductive ability when it turns eight."

Sim Yeong-bae's voice was growing louder. It became so loud that it could be heard from the corridor.

"The dog's strongest sense is its sense of smell. A dog can determine everything, including identity, sex, and the location of its prey based on smell. Its auditory sense is also well developed. A dog can hear a sound four times farther away than a human being. A human being can hear sound ranging from 16 to 20,000 Hz, whereas a dog can hear sound up to 120,000 Hz."

As if he was checking whether or not they had all understood him, Sim Yeong-bae looked around

「이리 못 와?」

똥별은 들고 있던 이부자리를 놓고 권 집사 앞으로 다가갔습니다. 권 집사가 다시 명령했습니다.

「이리 들어가.」

똥별은 묵묵히 권 집사의 이부자리 속으로 들어가 누웠습니다. 권 집사도 그 옆에 누웠습니다. 사람들은 모두 겁에 질린 눈으로 심영배의 반응을 살폈습니다. 그 사람이 이번에는 어떤 미친 짓을 저지를지 두려웠던 것입니다. 그러나, 심영배는 제 이부자리를 펴는 일에 열심일 뿐이었습니다.

이튿날부터 똥별은 권 집사의 옆 자리로 옮겨 앉았습니다. 똥별이 담배를 피우는 순서도 권 집사 바로 뒤로, 간혹은 권 집사보다 앞으로 바뀌었습니다. 좀더 많은, 좀더 양질의 사식이 우선적으로 분배되었습니다. 작업장에서도 권 집사는 똥별을 끼고 돌며 편한 일만 골라 시켰고, 작업반장은 그것을 못 본 체 외면했습니다. 그러나, 똥별은 그것을 좋아하지 않았습니다. 권 집사 옆 자리를 기피하고 원래 앉아 있던 자리, 그러니까 심영배의 옆 자리에 앉으려고 했습니다. 담배 역시 원래의 순서를 지키려고 했고, 양도 많고 질도 좋은 사식이 분

the room, looking at his cellmates one by one. Dung Star was now wailing. It was only then that people became aware of him. Sim was shouting, "A human being cannot hear sound beyond 20,000 Hz! A dog can hear sound up to 120,000 Hz!"

After looking at his cellmates one by one, Sim Yeong-bae repeated, "A human being cannot hear sound beyond 20,000 Hz. A dog can hear sound up to 120,000 Hz. A human being makes a sound when his spirit hurts and cries, or when he is sad or happy. We just can't hear it. When we are moved, when we love, hate, or fear, when we get angry, endure, fight, reconcile, become better or worse, hesitate or regret, we always make sounds. When we are happy or unhappy, we make sound. When we yield, miss, resent, hope, fear, and become greedy, we make different sounds. They are very high, thin sounds, so human beings cannot hear them. But, a dog hears them because of its sensitive auditory capability. And it responds to them."

There was silence for a while. Everyone stared at him. Yeong-bae repeated himself.

"A human being cannot hear them."

That was it. Although he had stopped talking, ev-

배될 때에도 그것을 받지 않으려고 했으며, 작업장에서도 기회만 생기면 권 집사 옆을 빠져나가 어느 틈엔가 옛날과 다름없는 힘든 일을 하며 땀을 흘렸습니다. 그것은 마치 안간힘 같았습니다. 비록 위협에 눌려 몸을 빼앗기기는 했지만 그 대가로 어떠한 것도 받아들이지 않겠다는, 그러니까 몸을 빼앗기기는 했지만 판 것은 아니라는 것을 스스로에게, 그리고 감방 식구들에게 보여주려는 안간힘 말입니다.

그러나, 권 집사는 그것도 두고 보려 하지 않았습니다. 권 집사는 통닭을 두 마리 샀습니다. 한 마리는 감방장 몫이었습니다. 권 집사는 제 몫의 통닭을 차지하고 앉아 다리를 하나 뜯어내어 제일 먼저 똥별에게 내밀었습니다. 똥별은 고개를 저었습니다. 권 집사가 다시 권했습니다. 똥별도 다시 거절했습니다. 권 집사의 눈에 쌍심지가 돋았습니다. 그는 굳은 얼굴로 다시 권했습니다. 이번에도 똥별은 거절했습니다. 그러자, 권 집사는 닭다리를 똥별에게 내던지고 주먹을 부르쥐더니 똥별에게 덤벼들었습니다. 먹을래, 죽을래? 김영기가 어느 틈에 닭다리를 집어들고 똥별에게 다가왔습니다. 어서 먹어. 주는 사람 성의도 생각해야지, 이 사람아. 똥별은

eryone kept staring at him for a while. It was as if they were waiting for him to continue. But, he didn't speak any more. He returned to a deep stupor immediately. It was hard to believe that he had spoken all that time just moments before. There was an ominous silence in the cell. It was as if somebody had just read a dangerous and shocking declaration. Only the sound of Dung Star's crying disturbed the silence, making ripples of sound into a pool of silence.

It was a little later when Han Gyu-il said, "That man is a dog scholar!"

Deacon Gwon gathered his mind and realized that Dung Star was still crying, and then that Kim Yeong-gi had already almost finished the entire chicken.

But, Park Gyu-sik wasn't aware of anything. His entire body was trembling. He was possessed with only one thought. He remembered who Sim was and where he had seen him. Sim was his victim. No, he might say that both of them were each other's perpetrators and victims. Sim had killed Paek Sang-il, Park's accomplice, eight years ago.

닭다리를 받아 들었습니다. 그의 눈에서 눈물이 흘러내리기 시작했습니다. 눈물을 흘리며 그는 느릿느릿 닭다리를 입으로 가져갔습니다.

그땝니다.

「개의 조상은 이리나 자카르인 것으로 여겨진다.」

누군가가 갑자기 큰 소리로 말했습니다. 닭고기를 먹다 말고 사람들은 소리 나는 쪽을 돌아보았습니다. 심영배였습니다. 그가 여전히 꿈을 꾸는 듯 초점이 맺히지 않은 눈으로 허공을 들여다보며 마치 책을 읽듯이 중얼거리고 있었습니다.

「또는, 오스트레일리아에서 야생하는 딩고나 남아시아에서 반 야생 상태로 서식하는 개와 흡사한, 절멸되었을 것이라고 여겨지는 야생종을 개의 조상이라고 생각하는 학자도 있다.」

저게 무슨 소리일까. 사람들은 한편으로는 두려움을, 한편으로는 흥미를 느끼며 닭고기도 잊고 멍하니 그를 쳐다보고 있었습니다. 심영배의 말소리는 차츰 크고 또렷해졌습니다. 똥별이 훌쩍이는 소리가 차츰 커지고 있었지만, 그것을 의식하는 사람은 없었습니다. 모두 심영배에게 넋을 빼앗기고 있었던 것입니다. 도대체 이제

5

Paek Sang-il was a dog butcher. He owned a dog-soup restaurant where he also sold herbal medicine boiled with dog meat. They were both supposed to be good for virility. When Paek Sang-il asked Gyu-sik to accompany him on his expedition to steal dogs, Gyu-sik went along, not necessarily because he wanted to make money, but because he was bored. Also, since he had eaten many free bowls of dog soup at his friend's restaurant, he wanted to return his friend's favor.

This all happened long before apartment buildings were built in Weondang, when it was a small, unknown village populated with farms and hills. There was a dog training school in the village. The school had a unique name, "Happy Dog School." There was a young dog trainer there. Sang-il and Gyu-sik decided to target this school. They visited it once to survey the place. They brought a mutt and said that they wanted to train it. The school was somewhat different from other training facilities. Above all, there weren't any hurdles usually visible in other places. There was only a very large, empty field. Only four or five dogs were chained or

까지 말 한마디 않고 지내던 사람이 어째서 갑자기 저렇게 긴 연설을 늘어놓는 것인지 알 수가 없었습니다. 알 수가 없었기 때문에 그들은 더욱 불안했습니다.

「인간이 개를 길렀다는 가장 오래된 기록으로는 페르시아의 베르트 동굴의 것이 있다. 이것은 기원전 9천5백 년 무렵으로 추측된다. 그 다음은 기원전 9천 년 무렵으로 추측되는 독일 서부의 셍켄베르그 개에 관한 기록이다. 셍켄베르그 개는 크기와 두개골의 형태가 오스트레일리아의 딩고와 경이로울 정도로 거의 같아서 학계의 주목을 받았다. 신석기 시대에는 인간이 이미 여러 품종의 개를 사육하였다는 증거가 발굴되어 있다. 개가 최초로 가축이 된 것은 적어도 제 4빙기 무렵이라고 판단된다.」

배식반장은 감방장에게 속삭였습니다. 저 새끼 저러다가 또 전처럼 짖어대는 거 아닙니까? 감방장은 자꾸만 심영배가 사람이 아니라 개로 여겨졌습니다. 그는 자극하지 마, 하고 배식반장에게 말하고는 태연한 척 닭고기를 입으로 가져갔습니다.

「지금도 아프리카의 토산개 중에는 번식기가 1년에 한 번, 가을로 정해져 있는 품종이 있다. 이로 미루어 볼

kept in crates. Other dogs, more than ten altogether, ran around freely and played in the field.

Sim Yeong-bae greeted them at "Happy Dog School." He looked around twenty-three or twenty-four. He spoke quietly and his eyes were as clear as water. He said that training could make a dog smart or stupid, whether it was a mutt or a pure breed. According to him, although different breeds had slightly different levels of intelligence, that difference was negligible compared to the difference training could make. He also said that it was important to train a puppy when it was young, as soon as it was weaned from its mother's milk, if possible. Also, the most important thing was to not use force, but to become friends with the dog first. The trainer could educate the dog only when he understood the dog's heart.

Gyu-sik asked Yeong-bae, "Are you making money ok?"

"People often don't come to get their dogs back. I'm not sure whether it's because they can't pay tuition or because they don't like their dogs anymore," he answered.

Sang-il and Gyu-sik said that they would think about training their dog some more and then left.

때 원래는 개도 다른 생물들과 마찬가지로 1년에 한 번 번식했을 것이나, 가축화가 진행됨에 따라 번식기가 불규칙하게 되어 오늘날에 이르렀을 것으로 판단된다. 개는 봄과 가을에 가장 많은 출산을 한다. 임신 기간은 62일에서 68일, 한 배에 새끼를 1마리에서 12마리까지 낳는 것이 관찰되는데, 보통은 4마리에서부터 6마리까지 낳는다. 새끼는 6주에서 7주 동안 어미의 젖을 먹는데, 4주가 경과한 무렵부터 어미 개는 먹던 먹이를 토해 내어 반쯤 소화된 상태의 먹이를 새끼에게 먹이기 시작한다. 개의 수명은 보통 12년에서 16년까지이다. 그러나, 암컷은 다섯 살이 되면 번식력이 약해지고 여덟 살부터는 번식력을 완전히 상실한다.」

심영배의 음성은 점점 더 커졌습니다. 이제는 감방을 넘어서 복도에까지 들릴 정도였습니다.

「개의 가장 예민한 감각은 후각이다. 성별이나 개체를 모두 후각으로 구별하고, 사냥감을 찾을 때도 후각을 이용한다. 청각 또한 예민하다. 개의 청각은 인간의 청각과 비교하면 4배나 먼 거리의 소리까지 들을 수 있을 정도로 발달되어 있다. 인간은 16 헤르츠에서 2만 헤르츠 사이의 소리만을 들을 수 있는 데 반하여 개는

Sim Yeong-bae saw them off and said, "A mutt is more generous and understanding. I don't take very expensive foreign purebreds. Not because there is anything wrong with them, but because I prefer not to deal with their owners."

Come to think of it, they had seen only a couple of expensive purebreds there. That was a favorable condition for Sang-il and Gyu-sik. Some dogs were too expensive for cooking, and besides, their owners would try to catch the perpetrators at all costs. Also, the fact that the dogs were not chained was both unfavorable and favorable to them.

A few days later, Sang-il and Gyu-sik drove a small truck to the place at night. They stole seven dogs. They didn't touch the expensive ones. At first the dogs barked very loudly. But nobody came out to see what was the matter. After they finished the job and they were about to leave, they realized that Sim Yeong-bae was not at home.

Two days later, Sim Yeong-bae appeared with a *jindo* at Sang-il's Virility Dog Soup Restaurant in Gupabal. It was midnight. By then the seven dogs from the Happy Dog School had already become meat and ingredients in Sang-il's herbal medicine. They had already been digested in the stomachs of

12만 헤르츠의 소리까지 들을 수 있다.」

심영배는 사람들이 잘 들었는지를 확인해야겠다는 듯 그들을 하나하나 둘러보았습니다. 똥별은 이제 큰 소리로 흐느끼고 있었습니다. 몇몇 사람들은 그제서야 똥별이 소리내어 울고 있다는 것을 의식했습니다. 심영배는 다시 한 번 큰 소리로 부르짖었습니다.

「인간은 2만 헤르츠 이상의 소리는 듣지 못한다. 개는 12만 헤르츠의 소리까지 들을 수 있다.」

그는 사람들을 하나하나 쳐다보다가 다시 입을 열었습니다.

「인간은 2만 헤르츠 이상의 소리는 듣지 못한다. 개는 12만 헤르츠의 소리까지 들을 수 있다. 인간의 영혼이 울 때, 아파할 때, 슬퍼할 때나 기뻐할 때도 소리가 난다. 인간이 듣지 못하는 것뿐이다. 인간의 마음이나 생각이 움직일 때, 사랑하고 증오하고 두려워하고 화내고 참고 싸우고 화해하고 선해지고 악해지고 망설이고 후회할 때에도 소리가 난다. 인간이 행복하고 불행할 때에도 소리가 난다. 욕심내고 양보하고 그리워하고 원망(怨望)하고 소망하고 두려워할 때에도 각기 다른 소리가 난다. 아주 높고 아주 가느다란 소리. 인간은 그 소리

virile men. Sim demanded that Sang-il return his dogs, and Sang-il, of course, feigned innocence.

"What the hell are you talking about?" Sang-il said. After glaring at Sang-il for a while, Yeong-bae ordered his *jindo*, "Gil-dong, keep an eye on him!"

The *jindo* bared its teeth, growling, and approached Sang-il. Whenever Sang-il tried to move, the *jindo* barked as if it was going to attack. Meanwhile, Yeong-bae began to smash everything in the restaurant. He overturned the cauldron and broke the tables. He shattered cupboards, collapsed dog crates, and dogs ran away in all directions. He crushed pressure cooker frames and glass jars and the herbal medicine boiling with dog meat spilled over. Yeong-bae broke everything like a mad man.

"Let's go, Gil-dong!" Yeong-bae said. When Sang-il cursed and attacked Yeong-bae, Gil-dong jumped up immediately and bit deep into Sang-il's shoulder.

"Let go, Gil-dong! Let's go!" Yeong-bae ordered. Gil-dong let go of Sang-il's shoulder. While Sang-il cried, Yeong-bae disappeared with Gil-dong.

Sang-il filed a complaint against Yeong-bae.

를 듣지 못한다. 그러나, 개는 그 예민하게 발달한 청각으로 그 모든 소리를 듣고 반응한다.」

한동안 침묵이 흘렀습니다. 모든 사람들이 멍하니 그를 쳐다보고 있었습니다. 다시 한 번 영배가 반복했습니다.

「인간은 듣지 못한다.」

그것으로 끝이었습니다. 그가 입을 다문 뒤에도 사람들은 한동안 그만을 쳐다보고 있었습니다. 마치 그가 그 얘기를 더 계속해주기를 바라는 것처럼 말입니다. 그러나, 그는 더 이상 입을 열지 않았습니다. 언제 그런 긴 얘기를 했던 사람인가, 싶을 정도로 어느새 저 깊고 몽롱한 혼수로 되돌아가 있었습니다. 방 안에는 불길한 정적이 자리 잡았습니다. 마치 어떤 위험하고 충격적인 선언문이나 낭독하고 난 직후처럼 말입니다. 똥별이 훌쩍이는 소리만이 그 정적 위로 물방울처럼 떨어져 소리의 파문을 만들었습니다.

한규일이 저 친구가 개박사네, 한 것은 잠시 시간이 흐른 뒤였습니다. 권 집사는 정신을 차렸다가 똥별이 아직까지 울고 있다는 것을 깨달았고, 곧이어 김영기가 어느 틈에 닭 한 마리를 거의 모두 먹어 치워 버렸다는

Yeong-bae was arrested and sentenced to six months in prison. Three days after Yeong-bae was sentenced, Sang-il and Gyu-sik drove a truck back to Happy Dog School and brought back every dog on the property, both the mutts and purebreds. Sang-il's restaurant reopened after repairs. The dog days were just around the corner and customers began waiting in line at Sang-il's shop.

Within a month after Yeong-bae was released from prison, he appeared at Sang-il's Virility Dog Soup Restaurant again. This time he came alone. Gil-dong had already been sold at a very high price. Instead of Gil-dong, Yeong-bae had a knife. He left the restaurant after driving it into Sang-il's stomach.

The next day, detectives arrived at night to the Happy Dog School. They found Sim Yeong-bae hanging a sign over the main gate of a training school that had been turned to rubble. "Happy Dog School" the sign read. When the detectives got out of the car and called his name, Yeong-bae answered, a hammer and nails in his hands, and standing on a chair, "Just a minute! Let me finish hanging this."

The detectives didn't wait. They threw him down

것을 깨달았습니다.

그러나, 박규식은 그 어떤 것도 의식하지 못했습니다. 그는 부들부들 떨며, 오직 한 가지 생각에만 사로잡혀 있었습니다. 심영배가 누구인지, 어디서 보았는지가 생각났기 때문입니다. 심영배는 그의 피해자였습니다. 아니, 서로가 가해자요 피해자라고 해야 할지도 모릅니다. 심영배는 오래전 박규식의 공범이었던 백상일을 살해한 사람이었던 것입니다.

5

백상일은 정력 보신탕 집과 정력 개소주 집을 하는 개백정이었습니다. 그가 개를 훔치러 가자고 했을 때에 규식은 꼭 돈을 벌기 위해서라기보다는 심심해서 따라나섰습니다. 상일네 음식점에서 보신탕을 얻어먹은 적이 한두 번이 아니었기 때문에 그런 식으로라도 신세를 갚아야겠다는 생각도 들었습니다.

아직 원당에 아파트 같은 것들이 들어서기 훨씬 전, 논밭과 구릉이 펼쳐진 이름 없는 작은 고장일 때였습니다. 그곳에 개 훈련소가 있었습니다. 이름이 특이했습

to the ground. One of them took the hammer, which could have become a murder weapon at any moment, and flung it away. The other cuffed his hands. The sign "Happy Dog School" fell and tumbled to the ground. When the detectives pushed him into the car, Yeong-bae suddenly craned his neck high and howled like a dog.

All the dogs in the village began to bark in response. The sound of dogs barking crossed over the night sky. Soon all the dogs in the village came out of their doghouses and began barking at them. The detectives were so terrified that they didn't search the premises and hurried away.

Yeong-bae was sentenced to fifteen years in prison.

6

In the middle of the night, Dung Star suddenly sat up from his sleep. He had been sleeping next to Deacon Gwon. He looked around the cell. Everyone was fast asleep. Deacon Gwon was snoring. Dung Star picked up his pants and felt inside his pocket. The rope he had been twining for two days was about a meter long. He took it out and stood

니다. 〈행복한 개 학교〉였습니다. 젊은 사람 혼자서 개를 훈련시키고 있었습니다. 상일과 규식은 그 집을 목표로 삼았습니다. 먼저 훈련소의 지형을 살피기 위하여 그들은 훈련을 부탁하는 손님으로 위장하여 똥개를 한 마리 데리고 그곳을 찾아갔습니다. 뭔가 다른 훈련소와는 달랐습니다. 우선 개 훈련소에 가면 흔히 볼 수 있는 도약 훈련용 장애물 같은 것들이 없었습니다. 널따란, 텅 빈 운동장이 있을 뿐이었습니다. 줄에 묶이거나 우리에 갇힌 개들은 네댓 마리뿐, 나머지 십여 마리의 개들은 모두 그 널따란 운동장에서 이리 뛰고 저리 뛰며 놀고 있었습니다.

그 〈행복한 개 학교〉에서 그들을 맞은 사람이 바로 심영배였습니다. 나이가 스물서넛쯤 되었을까요. 말씨는 조용조용했고 눈빛은 맑은 물처럼 투명했습니다. 그는 똥개나 값비싼 순종 개나 어떻게 기르느냐에 따라 영리한 개도 되고 멍청한 개도 되는 법이라고 말했습니다. 물론 종(種)에 따라 약간의 차이는 있겠지만, 그 차이는 교육 방법이 초래하는 편차에 비교하면 무시해도 좋을 정도로 사소하다는 것이었습니다. 다만, 개가 어릴 때부터, 가능한 한 젖을 떼자마자 데려다 기르기 시

up. He went to the food tray slit and carefully looked outside, using a small piece of glass. The prison guard was asleep, his face over the desk. Dung Star looked down at the snoring face of Deacon Gwon. He felt overwhelmed by an intense hatred. It was so powerful it made him dizzy. He didn't feel like strangling himself. He wanted to strangle Deacon Gwon. "A beast!" he thought.

But, if he strangled Deacon Gwon, he would soil himself more. He was dirty enough as it was. The more he thought about it, the more hateful he found himself. He felt almost like throwing up.

He tiptoed toward the toilet. Sim Yeong-bae was deep asleep. It was so strange. Yeong-bae acted as if he already knew that Dung Star had decided to kill himself. When they were walking side by side on their way back from work earlier that day, Yeong-bae had told Dung Star, "Don't!"

Dung Star had asked him what he meant. Yeong-bae had looked straight at him and said, "Don't, don't do that!"

Was he really a dog, not a human being? That's why he heard what Dung Star had said only to himself? But Yeong-bae was now sound asleep. Even if he was a dog, he couldn't hear anything

작하는 것이 좋다고 했습니다. 그러나, 무엇보다도 가장 중요한 것은 개에게 훈련을 강요하지 않는 것, 그리고 개와 친해지는 것이라고 했습니다. 개와 마음이 통하여 서로의 의사를 이해할 수 있을 정도가 되어야 바른 교육이 이루어진다는 것이었습니다.

규식은 그때 이런 질문을 했습니다.

「벌이는 괜찮습니까?」

「사람들이 개를 맡기고 찾으러 오지를 않아요. 교육비가 밀려서 그러는 건지, 개가 싫어져서 그러는 건지.」

상일과 규식은 좀더 생각해 보겠다고 하고는 그곳에서 나왔습니다. 심영배가 그들을 배웅하며 한 말은 이런 것이었습니다.

「똥개가 오히려 너그럽고 아량이 깊어요. 나는 값비싼 외국산 순종 개들은 오히려 안 받습니다. 개 때문이 아니라 그 주인들 때문이에요.」

아닌 게 아니라 그곳에는 값비싼 순종개들은 한두 마리에 불과한 것 같았습니다. 그것은 상일과 규식에게 유리한 점이었습니다. 너무 값비싼 개는 식육용 개로 쓰기에는 아까울 뿐만 아니라 도난 사실이 알려지면 임자들이 악착같이 범인을 찾으려 들 테니까요. 개들이

now.

Dung Star entered the washroom behind the half door. In the middle of night, no one could see anything anyway. All he had to do was not to make noise. Dung Star first made a loop. He had learned how to tie loops like this when he was a mechanic. He slipped his head through the loop. He tied one end of the rope onto one of five bars in front of the window. These bars divided the window into six equal vertical sections. After he tied the loop tight with one hand, he lifted his legs off the floor.

7

Kim Yeong-gi found the body. He was an early bird, so he was always the first to notice anything. After waking up, he went to the toilet and found Dung Star's body. Kim screamed and ran out. One of them had already pressed the button and the guard made a fuss about all the racket. He brought a key and called the security department, grumbling all the while, until they finally opened the door and entered the cell. Deacon Gwon turned pale. The guards carried the body out. News arrived that they were forbidden to go out to work.

묶여 있지 않다는 것은 그들에게는 불리한 점이기도 했지만 유리한 점이기도 했습니다.

며칠 뒤 밤에 상일과 규식은 소형 트럭을 몰고 현장으로 갔습니다. 그들은 일곱 마리의 개를 훔쳤습니다. 값비싼 개에는 손을 대지 않았습니다. 처음에 개들이 심하게 짖어댔지만 나와 보는 사람이 없었습니다. 황급히 그곳을 떠날 때에야 그들은 심영배가 외출 중이라는 것을 알게 되었습니다.

심영배가 커다란 진돗개 한 마리를 앞세우고 구파발에 있는 백상일의 정력 보신탕 집에 나타난 것은 바로 이틀 뒤 한밤중이었고, 〈행복한 개 학교〉의 일곱 마리 개들은 이미 고기가 되어, 개소주가 되어 정력가들의 위장 속으로 미끄러져 들어가 소화되어 버린 뒤였습니다. 심영배는 개를 내놓으라고 했고, 백상일은 물론 시치미를 떼고 무슨 소리냐고 반문했습니다. 영배는 상일을 한참 노려보고 서 있다가,

「길동아. 지켜.」

하고 말했습니다. 그와 동시에 진돗개는 이를 드러내고 으르렁거리며 상일 앞으로 다가왔습니다. 상일이 움직이려고만 하면 진돗개는 곧 덤벼들 듯이 짖어댔습니다.

"Fuck!" The Chief was grumbling. Only Han Gyu-il knew why the Chief was so annoyed. Jeong Tae-seon was scheduled to get cigarettes from his secret contact at the workplace that day.

Everyone kept quiet. Shock and anxiety filled their cell. It pressed down on them hard like an invisible, enormous animal. The two old men were still playing *paduk*, but they didn't talk. Only the *paduk* stones broke the silence. Deacon Gwon sat with his head low and sighed. Oh Yeong-han wipe his tears without making any noise.

While they were all wrapped up in the silence and anxiety of the moment, Sim Yeong-bae suddenly began muttering, "This kind of incident never happens there."

Park Gyu-sik looked up at him. He was the only one who knew where "there" was. All of them stared at Yeong-bae, worrying what he would do this time. But Sim Yeong-bae wasn't looking at anybody. He looked off into the air as if he was casting a fishing pole without any bait into a flowing stream, and began muttering.

"My family moved when I was six. I don't know where we were moving. My mother had already moved out all our household items and then she

그 사이에 영배는 가게를 때려 부수기 시작했습니다. 가마솥이 엎어지고 탁자가 부서졌습니다. 찬장이 박살이 나고 개장이 무너졌으며, 개들은 산지사방으로 달아났습니다. 압력솥틀과 유리 항아리가 박살이 나서 다 만들어진 개소주가 땅바닥에 흘러내렸습니다. 영배는 광포하게 그 모든 것들을 깡그리 부숴 버렸습니다.

「가자, 길동아.」

상일이 영배에게 큰 소리로 욕설을 하며 덤벼들자 길동은 어느새 훌쩍 뛰어올라 상일의 어깨를 물었습니다.

「놔, 길동아. 가자.」

길동은 곧 상일의 어깨를 놓아주었습니다. 상일이 물린 어깨를 붙안고 비명을 지르는 사이에 영배는 길동을 데리고 사라졌습니다.

상일은 영배를 고발했습니다. 영배는 경찰서로 끌려 들어갔고, 징역 6개월을 선고받았습니다. 영배가 구속된 지 사흘 만에 상일과 규식은 다시 트럭을 몰고 지키는 사람 하나 없는 〈행복한 개 학교〉로 찾아갔고, 그곳에서 순종 잡종을 가리지 않고 모든 개를 실어 내부 수리 끝에 신장개업한 보신탕 집으로 돌아왔습니다. 복날을 앞두고 있었고, 개고기를 찾는 손님들이 줄을 지어

led me out of our old house. She told me that we were going to our new house. I believe we had been living somewhere in Hwaseong until then. We arrived at Seoul Station. It was morning. As soon as we arrived, my mother left me. She said that she was going to the bathroom. I stood there without moving at all and waited. The enormous crowd passed by me like a great vortex and I tried really hard not to move an inch."

"My mother didn't return after lunch. My mother didn't come when it turned dark. She didn't come at night. The street was brilliant with light, as if will-o-the-wisps covered the night sky. It was cold, scary, and sad. I cried. A person came to me and asked me why I was crying. He was enormous like a mountain, and he had hair all over his face. His clothes were dirty and it looked like he was wearing a blanket. I told him that I had lost my mother. He bought me dinner and asked me to come with him. I thought, then, that my mother wouldn't come, that my mother had left me. Even today I don't know why. But, I knew even then that something like that can happen in a human world. So I guess I know why my mother left me."

By then, even the old men had stopped playing

기다리고 있었던 것입니다.

징역살이를 끝마치고 출감한 지 한 달이 채 지나지 않아 영배는 다시 상일의 보신탕 집에 나타났습니다. 그는 이번에는 길동이를 데리고 있지 않았습니다. 길동이는 이미 상일이가 거금을 받고 다른 사람에게 팔아먹은 뒤였으니까요. 그 대신 영배는 칼을 들고 있었습니다. 그가 그 보신탕 집을 떠날 때에 그 칼은 상일의 배에 박혀 있었습니다.

이튿날 밤, 형사들이 긴급 출동하여 달려갔을 때에 영배는 폐허가 되어 버린 훈련소의 정문에 〈행복한 개 학교〉의 간판을 다시 달고 있었습니다. 형사들이 우르르, 차에서 내려서며 심영배, 하고 외치자 영배는 못질을 하느라고 못과 망치를 든 채 의자 위에 올라서 있다가 태연히 말했습니다.

「잠깐만요. 이것 좀 마저 달고요.」

형사들은 그러나, 기다려주지 않았습니다. 즉시 두 사람의 형사가 그에게 덤벼들어 그를 땅바닥에 쓰러뜨린 다음, 한 사람은 흉기로 돌변할 수도 있는 망치를 빼앗아 멀리 내던졌고, 또 한 사람은 그의 팔목에 수갑을 채웠습니다. 못질이 채 되지 않은 〈행복한 개 학교〉의 간

paduk and were listening to Sim Yeong-bae's story. Jeong Tae-seon, who had been leaning against the wall and flipping through tabloids, was also looking at him now.

"I arrived at that place, Happy Dog School, with him."

Trembling, Gyu-sik looked at Yeong-bae. Did Yeong-bae know that Gyu-sik was one of the burglars? Did he remember Gyu-sik's face when he first saw him with Sang-il? Or, had he already forgotten?

"It was a dog training camp. He was a dog trainer. I learned how to train dogs from him. I continued to live there. I was really happy. It was fun. I didn't have to go anywhere. I didn't want to. I didn't leave after he had died. Because there were dogs. Kongjwi, Patjwi, Seodong, Seonhwa, Ureong Gaksi, Namukkun, Dokkaebi, Kkeokjeongi, Najol, Yanggili, Gyeonhwoni... People say that dogs like to fight, but that's a lie. Dogs never fight. People force them to. Kongjwi and Patjwi were friends. Yanggili and Gyeonhwoni didn't fight with each other, either."

"They were all abandoned dogs. People left them with us for training and then never came back. It wasn't clear if it was because of the money. No

판은 진창 바닥에 떨어져 나뒹굴었습니다. 형사들이 그를 차에 태울 때에 영배는 갑자기 고개를 길게 뽑아 우우우우우, 하고 개처럼 울부짖었고, 그 소리에 화답하여 그 동네의 개들이 일제히 짖어대기 시작하여 어두운 하늘 속으로 개 짖는 소리들이 어지럽게 교차했으며, 이어서 이 집 저 집 어둠 속에서 개들이 뛰쳐나와 그들을 향해 짖어대자 형사들은 갑자기 두려움에 사로잡혀 수색도 제대로 하지 못한 채 황급히 그곳을 떠났습니다.

영배에게는 징역 15년이 선고되었습니다.

6

한밤중에 똥별은 조심스러이 권 집사의 옆에서 일어나 앉았습니다. 그는 앉은 채로 방 안을 둘러보았습니다. 사람들은 모두 깊이 잠들어 있었습니다. 권 집사도 코를 골며 잠에 빠져 있었습니다. 그는 벗어두었던 바지를 집어 주머니를 뒤적거렸습니다. 이틀 전부터 꼬기 시작한 끈이 이제 일 미터 길이쯤이 되어 있었습니다. 그는 그 끈을 집어 들고 자리에서 일어났습니다. 그는 식구통으로 가서 작은 유리조각을 이용하여 바깥의 동

matter how many times we called and tried to contact them, they never showed up. On the contrary, the former owners became angry if we did manage to contact. That was how the dogs ended up becoming our family. Only human beings desert their children. Dogs don't. Dogs don't kill each other. They don't hate each other. They don't rape each other. They don't do it between guys. They welcome anybody into their family. Sometimes, they fight over a girl. But, they make a decision after competing with each other once or twice."

"They never fight a bloody or deadly fight. Even after they fight, they become friends afterwards. It's a lie that dogs bite people. That only happens because people train them too harshly. Dogs never voluntarily bite people. They bite only because they are trained to bite. Phrases like 'son-of-a-bitch' and 'a dude like a dog' or 'worse than a dog' aren't curses. Because human beings are actually inferior to dogs. Dogs don't kill. They don't steal. They don't kill themselves. They don't betray others. Dogs just... they are good-hearted and merry. All day long, all their lives, they live simply good-heartedly and enjoy their lives."

Gyu-sik was listening, worried that Yeong-bae

정을 살폈습니다. 교도관은 책상에 엎어져 자고 있었습니다. 똥별은 권 집사의 코를 고는 얼굴을 내려다보았습니다. 불현듯 증오심이 솟구쳤습니다. 현기증이 날 만큼 그 증오심은 격렬했습니다. 그 노끈으로 자신의 목이 아니라 권 집사의 목을 졸라매고 싶은 충동이 치밀었습니다. 짐승 같은 인간. 그러나, 그래 봐야 그 자신이 더욱 더러워질 뿐입니다. 그는 지금만으로도 충분히 더럽습니다. 생각하면 그 자신이 너무도 혐오스러워서 구역질이 납니다.

그는 조심조심 발을 디뎌 뒷간으로 향했습니다. 심영배도 깊이 잠들어 있었습니다. 알 수 없는 일입니다. 영배는 똥별이 자살을 할 결심이라는 것을 마치 아는 듯했던 것입니다. 작업을 마치고 돌아오면서 나란히 서서 걷게 되었을 때에 영배는 똥별에게 안 돼, 하고 말했던 것입니다. 똥별은 무슨 말이냐고 반문했습니다. 그러자, 영배는 이번에는 똥별의 눈을 똑바로 들여다보며 다시 한 번 그러면 안 돼, 하고 말했습니다. 이 사람은 정말 사람이 아니라 개일까요? 그래서, 자기가 한 말처럼 사람의 마음속에서 나는 소리도 듣는 것일까요? 그러나, 그 영배도 지금은 깊이 잠들어 있습니다. 아무리

might bring up his story. But, it wasn't time yet.

"There was a well, a very small well where there was always clean water. Maybe it was a spring and not a well. At night, my kids drew pictures on it, although they disappeared instantly. They still were pictures. Do you know there are flares in the eyes of dogs? You can't see them during the day. But you can see them at night. Their eyes shine blue, red, and yellow. They are the colors of their souls. I had them stand around the well. And then I ran and jumped high over the well first. Then, my kids ran and jumped high over the well one after another. One right after another, and from all directions. Then, the lights from the eyes of the dogs trailed and crossed each other over the well, painting a fantastic picture, like a fireworks show. The darkness was the background. I looked at the picture their souls painted while my kids happily played. I lived like that, too. I could keep on living like that. My Kongjwi, Patjwi, Seodong, Seonhwa, Yanggili, Gyeonhwoni, Kkeokjeongi, and Gildongi. All of them could."

Yeong-bae suddenly stopped. He looked around the room as if looking for something. He stared at Gyu-sik for a while. Gyu-sik avoided his eyes.

그가 개라고 할지라도 자는 동안에는 어떤 소리도 들을 수 없을 것입니다.

똥별은 뒷간으로 들어섰습니다. 감방에는 뒷간에도 온전한 문은 달려 있지 않습니다. 반 토막짜리 문이 붙어 있을 뿐입니다. 그러나, 한밤중이라면 아무도 보는 사람이 있을 리 없습니다. 소리만 내지 않으면 됩니다. 그는 먼저 노끈으로 올가미를 지워 매듭을 만들었습니다. 그런 올가미를 만드는 방법은 정비소에서 일할 때에 배웠습니다. 목에 올가미를 걸었습니다. 끈의 한쪽 끝은 창문을 세로로 6등분한 다섯 개의 창살 가운데 하나에 묶었습니다. 그는 손으로 올가미를 힘껏 조이자 다리에 힘을 빼어 온몸의 체중을 올가미에 싣고 매달렸습니다.

7

시체를 발견한 것은 김영기였습니다. 그는 아침잠이 없어서 늘 가장 먼저 일어납니다. 그가 잠에서 깨어나 뒷간에 들어갔다가 숨이 끊어져 바닥에 늘어져 있는 똥별을 발견한 것입니다. 그는 으으윽, 소리를 지르며 뒷

Yeong-bae's eyes looked back to the air as if he was dreaming.

"Gildongi found the rag that you wrapped pork with. I wandered around with Gildongi for two days until I found your restaurant. When I realized that you had already murdered the dogs and sold their meat, I... still, I didn't even touch your friend. I just broke things in the restaurant. I paid for it, too, by serving a prison term."

"You two know each other?" Kim Yeong-gi asked. Yeong-gi could be quick as a mouse making quick judgments thanks to his frequent prison stays. Gyu-sik didn't respond.

"When I returned home after finishing my prison term, only rubbish remained. My kids were all gone. They wouldn't have left no matter what. Even if they went out for food, they would have certainly come back. But, your friend dragged them all away. He murdered them. He beat them, singed them, skinned them, chopped them with a knife, and left only ruins. That beautiful place...was...so cruelly..."

Park Gyu-sik stammered, "I don't know about any of that. I didn't go with him, then. I only heard from my friend."

But, Yeong-bae didn't seem to hear Gyu-sik. He

간에서 뛰쳐나왔습니다. 누군가가 어느 틈에 패통을 쳤고, 교도관이 열쇠를 가져온다, 보안과에 연락을 한다, 부산을 떨더니, 마침내 문을 따고 덤벼들었습니다. 권 집사는 허옇게 질린 얼굴로 안절부절이었습니다. 시체가 실려 나갔습니다. 작업 출력이 금지되었다는 소식이 전해졌습니다. 제기랄. 감방장이 투덜거렸습니다. 그 까닭을 아는 사람은 한규일뿐이었습니다. 정태선은 그날 작업장에서 비선으로부터 담배를 넘겨받기로 약속이 되어 있었던 것입니다.

모두가 말을 잃었습니다. 충격과 불안감이 보이지 않는, 그러나 살아 있는 거대한 짐승처럼 방 안을 가득 채우고 그들을 짓눌렀습니다. 두 늙은이는 언제부터인지 조용조용 바둑을 두고 있었지만 다른 때와는 달리 말은 나누지 않았습니다. 그들이 바둑돌 놓는 소리만이 딱딱, 정적을 깼습니다. 권 집사는 고개를 푹 숙이고 앉아서 한숨만 내쉬었습니다. 오영한은 소리 하나 내지 않고 눈물을 찍어내고 있었습니다.

심영배가 문득 입을 열더니, 밑도 끝도 없이 중얼거리기 시작한 것은 그런 정적과 불안감 속에서였습니다.

「거기에서는 절대로 이런 일은 벌어지지 않아.」

continued.

"I met someone in prison. He was really kind to me. When they released him, he asked me to promise him to visit him once after I was released. I visited him to Yeongdeungpo. He bought me drinks. And then he proposed... that I burglar together with him. He said that since my ears were so good, they could be really useful opening safes with dials. I couldn't believe it. He offered to buy me a woman, but I refused. While I was standing at a bus stop, I passed out. Sometime later, I don't know how long, I opened my eyes to see the night street... Loud music was playing somewhere. It was late at night. Lit signs, headlights, streetlights, and neon signs were glittering. I lay on the street and I looked up at them. Cars kept honking and rushing by; people kept coming and going, running, crowding around the roadside stands, bargaining, and buying... So many people didn't give me even a single glance. It was as if I was invisible. As if I, a human being, wasn't lying there. They just went to stores and bought things, ran to the bus, got on, and hailed taxis... Suddenly, I thought, this shouldn't be. This is not life. This is a sham."

"A few days later, I began to work as a day labor-

박규식은 깜짝 놀라 고개를 들었습니다. 「거기」라는 곳이 어디인지를 아는 사람은 그 한 사람뿐이었습니다. 사람들은 이번에는 저 작자가 무슨 짓을 하려는 것인지, 걱정이 되어 그를 주시했습니다. 그러나, 심영배는 그들 중 어느 누구도 바라보고 있지 않았습니다. 흐르는 물에 미끼도 없이 던져진 곧은 낚시처럼 맺힌 데 없는 눈동자를 허공에 던져 놓은 채 마치 혼잣말하듯 중얼거리기 시작했습니다.

「여섯 살 때 우리 집은 이사를 했어. 어디였는지는 몰라. 어머니가 미리 짐을 다 옮겨 놓은 다음, 새 집으로 가자고 하면서 나를 데리고 옛 집을 나섰어. 아마 그때까지 살던 집은 화성 어디였을 거야. 도착한 곳은 서울역이었어. 아침이었어. 도착하자마자 어머니는 화장실에 다녀오겠다고 하고 내 곁을 떠났어. 나는 꼼짝도 않고 서서 기다렸어. 소용돌이처럼 내 곁을 스쳐 지나 어디론가 사라지는 엄청난 인파 속에서 한 발자국도 움직이지 않기 위해 안간힘을 썼어. 점심때가 지나도 어머니는 오지 않았어. 날이 저물어도 어머니는 오지 않았어. 밤이 되어도 오지 않았어. 밤거리는 도깨비불로 뒤덮인 듯 번쩍이고 있었고 추웠고……. 무섭고 슬펐어.

er. I worked at a house construction site. When the construction was over, they didn't pay us. The foreman bought us drinks. He wanted us to go to the owner of the house and yell at him. We all went together. The owner ran away after filing for bankruptcy. There were only women and children in the house. I thought we were there just to yell, but things turned out differently. After exchanging a few words, we began breaking things—windows, flowerpots, the TV, the radio, comforters, the sofa, tables, and plates. We broke, shattered, and destroyed everything. I did it, too. I realized that I was smashing, shattering, and throwing things. Then, all of a sudden, I thought, a-a-h, this couldn't be. This is not life, this is not how people should live, this is not human world. This is a wasteland. These are ruins. This is... a sham, no animal lives like this...

Far away at the end of the corridor, everyone heard a door open. Kim Yeong-gi hurried over to the meal tray slit and looked out, but we could hear no more sounds from the corridor. There was only silence in the building. It had been awhile since the news of the suicide spread to other cells. The entire building was waiting anxiously for the prison authorities' response.

울음이 났어. 어떤 사람이 와서 왜 우느냐고 했어. 몸이 산처럼 크고 얼굴에 수염이 뒤덮인 사람이었어. 담요로 만든 것 같은 더러운 옷을 입고 있었어. 어머니를 잃어버렸다고 했어. 그 사람이 밥을 사 주면서 같이 가자고 했어. 어머니가 오지 않을 거라는 생각이 들었어. 어머니가 날 버렸다는 생각이. 지금도 그 이유는 몰라. 하지만, 이제 사람 사는 세상이라는 곳이 그런 일이 벌어지기도 하는 곳이라는 건 알지. 그만하면 어머니가 날 버린 이유도 아는 셈이고.」

이제 늙은이들도 바둑을 중단하고 심영배의 이야기에 귀를 기울이고 있었습니다. 정태선도 벽에 느른히 기대어 누운 채 주간지를 뒤적이다 영배를 쳐다보고 있었습니다.

「그 사람과 도착한 곳이 거기였어. 〈행복한 개 학교〉.」

규식은 속으로 부르르, 떨며 영배를 바라보았습니다. 영배는 규식이 저 절도사건의 당사자라는 것을 아는 것일까요, 모르는 것일까요? 〈행복한 개 학교〉에 처음 백상일과 같이 찾아갔을 때에 본 그의 얼굴을 기억하는 것일까요, 이미 잊은 것일까요?

「개 훈련소였어. 그 사람은 개를 훈련하는 사람이었

"The world was only there, at that place, 'Happy Dog School.' Then, I thought what happened to that place... what happened to Kongjwi, Patjwi, Kkeokjeongi, Gildongi, Yanggili, Gyeonhwoni, Se-odong, Seonhwa... I went to the Virility Dog Soup Restaurant. I shouldn't have. I should have listened to my Gildongi howl telling me not to go there.

His cellmates were waiting for him to continue. But, Yeong-bae looked as if he had already slipped back deep into sleep. When people gave up and began moving again here and there, he muttered, "This is not... how one should live."

We could hear clanging and footsteps from the corridor. Kim Yeong-gi, who had stayed in front of the food tray slit, looked out and said, "Guards are coming from the security department. A group of them."

Jeong Tae-seon grumbled, "Shit. We're fucked!" He was afraid that his cigarette trade would be found out. Deacon Gwon was also worried that his relationship with Dung Star would be discovered and that he would have to take all the blame for Dung Star's suicide. Everyone else was afraid that they'd break up the cell. This cell was the Tiger Hair cell. It was comfortable. No, they were all just

어. 그 사람에게서 개 훈련하는 법을 배웠어. 그때부터 그곳에서만 살았어. 정말 즐겁고 신났어. 아무 데도 갈 필요가 없었어. 가고 싶지도 않았어. 그 아저씨가 돌아가신 뒤에도 난 그곳을 떠나지 않았어. 개들이 있었기 때문이야. 콩쥐, 팥쥐, 서동, 선화, 우렁 각시, 나무꾼, 도깨비, 꺽정이, 나졸, 양길이, 견훤이……. 개들이 잘 싸운다고 하는 건 사람이 만들어낸 거짓말이야. 개들은 싸우지 않아. 사람이 싸움을 시키는 거지. 투견이라는 둥, 뭐라는 둥. 콩쥐도 팥쥐도 친했어. 양길이도 견훤이도 다투지 않았어. 다 사람들이 버린 개들이지. 훈련시켜 달라고 맡겼다가 찾으러 오지 않는 거야. 돈 때문인지, 무엇 때문인지는 모르지만. 몇 번이나 전화를 하고 연락을 해도 안 와. 오히려 화를 내. 다 그렇게 해서 한 식구가 된 개들이었어. 새끼를 버리는 건 사람뿐이야. 개는 새끼를 버리지 않아. 개는 서로 죽이지도 않아. 미워하지도 않아. 강간하지도 않아. 사내들끼리 그런 짓을 하는 법도 없어. 누구든지 한 식구로 맞아들여서 사이좋게 살아. 여자 문제로 싸울 때가 있지. 하지만, 한두 번 힘을 겨뤄 보는 것으로 곧 결판이 나. 피가 나거나 죽도록 싸우는 법은 결코 없어. 싸우고 나서도 곧 화해해.

afraid. Even those who didn't have anything to worry about.

"Here they come!" Kim Yeong-gi shouted. He sat down quickly in front of the door, the cell door opened with a loud clang, and guards crowded inside.

"We're searching the cell! Out! All of you, out!"

The guards dragged them out, threatening them with clubs. Jeong Tae-seon lifted his face, shining with sweat, and scanned the guards' faces frantically, trying to look for the guard he knew. But he couldn't find him.

"Get out, now, you son-of-a-bitch!"

One of the guards brought his club down on Jeong's shoulder. Jeong Tae-seon screamed, fell, got up again, and crawled to the corridor. Another blow came down on him.

"You son-of-a-bitch, face down! I said, face down! Put your fucking head down! Close your eyes! If you roll your fucking eyes, I'll yank them out."

Here and there, scream and moans rang out at the same time as the dull, smacking sounds of the guards' clubs on their bodies. Boots randomly kicked their chests and backs. After forcing them

개가 사람을 문다는 것도 거짓말이야. 사람들이 너무 억압적인 방법으로 훈련해서 그렇게 되는 거야. 개들은 절대로 자발적으로는 사람을 무는 법이 없어. 그렇게 훈련을 받았기 때문에 무는 거야. 개새끼니, 개 같은 놈이니, 개만도 못한 놈이니 하는 말은 사실은 욕이 아니야. 정말 사람이 개만 못하니까. 개는 남을 죽이지 않아. 훔치지도 않아. 자살도 하지 않아. 배신하지 않아. 개는 그냥…… 그냥 착하고 즐거워. 하루 종일. 평생 동안. 그냥 착하고 즐겁게 놀고 사는 거야.」

규식은 그 얘기가 나올까 봐 조마조마한 마음으로 영배의 이야기를 듣고 있었습니다. 그러나, 아직은 그때가 아니었습니다.

「우물이 있었어. 작은, 그렇지만 늘 맑은 물이 나오는 우물. 우물이라기보다는 샘이었다고 할까. 밤이면 그 아이들은 거기에서 그림을 그렸어. 잠깐만에 사라지고 말기는 했지만, 그것은 그림이었어. 개들의 눈에서 불꽃이 나온다는 걸 알아? 낮엔 안 보여. 밤이면 보이지. 그 눈이 파랗게, 붉게, 노랗게 반짝거려. 그건 그 아이들의 영혼의 빛깔이야. 그 아이들을 우물 주위에 넓게 둘러서게 하는 거야. 그리고 내가 제일 먼저 도움닫기를

all to lie face down on the corridor floor, guards entered the cell and began their search.

They pulled apart all the comforters. They tore open all inmates' bundles, scattering personal belongings all over the floor. The guards even looked inside the toilet. They also pulled out floorboards. They found cigarette packs, brand new underwear in their original plastic bags, shards of glass, needles and threads, dirty underwear, postcards and letters that began with "What a hard time you must be having in this cold weather." They found a pencil stub, photographs, dust, pieces of bread, red pepper paste, *kimchi*, *doenjang*, and spices. Gyu-sik lay with his face down on the cold concrete floor and thought—amidst the curses and clubs and boots showering down on them—this is really not how one should live.

Suddenly, Sim Yeong-bae, who had been lying beside Gyu-sik, stood up.

A guard immediately yelled at him. "What the fuck do you think you're doing, you son-of-a-bitch? Get back down!"

Sim Yeong-bae growled. He bared all his teeth and even his gums, and his face flushed and wrinkled. He began to bark. His barks echoed down

해서 그 우물을 훌쩍 뛰어넘어. 그러면, 그 아이들도 차례차례 도움닫기를 해서 훌쩍 몸을 솟구쳐 우물을 뛰어넘는 거야. 아주 짤막한 사이를 두고 연이어서, 서로 다른 방향에서. 그러면 우물 위에 걔들의 눈에서 나온 불빛이 길게 꼬리를 끌며 어우러져 한 폭의 황홀한 그림이 되는 거야. 불꽃놀이 같은 그림이. 어둠을 화폭으로 해서, 저희들의 영혼이 그려 놓은 그림을 보면서 그 아이들은 정말 신나고 행복하게 뛰놀았어. 나도 그렇게 살았어. 나도 그렇게 살 수 있었어. 우리 콩쥐도 팥쥐도 서동이도 선화도 양길이랑 견훤이랑 꺽정이랑 길동이도 다 그렇게 살 수 있었어…….」

영배는 갑자기 얘기를 그쳤습니다. 그는 무엇인가를 찾는 듯 방 안을 두리번거렸습니다. 그의 눈이 마침내 정확히 박규식의 눈을 찾아냈습니다. 그는 한동안 규식을 바라보았습니다. 규식은 슬그머니 시선을 옮겨 그의 눈을 피했습니다. 그와 함께 영배의 눈도 다시 꿈꾸는 듯이 허공으로 미끄러져 들어갔습니다.

「길동이가 당신들이 돼지고기를 싸 가지고 왔다가 두고 간 걸레에서 냄새를 찾아냈어. 이틀 동안 길동이하고 같이 근처를 헤매고 다니다가 당신들 가게를 찾아냈

the corridor. Gyu-sik thought, that's right, bite them! Bite those sons-of-bitches!

A guard marched up to Yeong-bae. Without warning, he smacked Yeong-bae in the face with his club. Yeong-bae's forehead tore and began to bleed. Yeong-bae kept growling. All the guards stopped and crowded into the corridor.

"Isn't this son-of-a-bitch crazy?"

Young-bae barked. His eyes shone. The guards all attacked him at once. Gyu-sik couldn't hear Yeong-bae's growling any more. All he could hear was dull noises of the clubs smacking and the guards yelling, "Kill him! Trample him!"

8

Their room was broken up. Jeong Tae-seon's cigarette business was uncovered and terminated. The prison authorities investigated him the longest and locked him up in the discipline cell, his entire body tied and his hands cuffed behind him. But they couldn't find Jeong's secret supplier. This might have been because Jeong Tae-seon was the kind of person who kept his mouth shut no matter what. Or because the security guards hadn't tried

어. 당신들이 개들을 벌써 살해해서 사람들한테 고기로 팔아버렸다는 것을 알았을 때, 그때 난……. 그래도 난 당신 친구에게는 손가락 하나 대지 않았어. 가게를 부순 것뿐이야. 그 대가로 징역살이도 했고.」

「두 사람이 아는 사이야?」

한 것은 징역살이로 눈치가 쥐처럼 빨라진 김영기였습니다. 규식은 아무 대꾸도 하지 않았습니다.

「징역살이를 마치고 집으로 돌아가 봤더니……. 쓰레기만 쌓여 있었어. 그 아이들은 하나도 없었어. 절대로 그곳을 떠날 아이들이 아니야. 배가 고파서 먹을 것을 찾아 밖으로 나가더라도 틀림없이 돌아올 아이들이야. 그런데, 당신 친구가 다 끌어갔지. 다 잔인하게 살해했어. 몽둥이질을 하고, 불에 그슬리고, 껍질을 벗기고. 칼로 갈갈이 난도질하고. 그곳을 폐허로 만들었어. 그……황홀하던 곳을……그……그렇게 무참하게…….」

박규식은 더듬더듬 말했습니다.

「난 모르는 일이야. 그땐 난 안 갔어. 그 친구한테서 얘기만 들었어.」

그러나, 영배는 들은 것 같지 않았습니다. 그는 제 얘기만을 할 뿐이었습니다.

hard enough. Deacon Gwon was also locked up in the discipline cell for his sexual relations with Dung Star. Other than Sim Yeong-bae, everyone else was sent to separate rooms.

Sim kept barking and growling throughout interrogation. Prison guards couldn't get any human sound from him, not even a scream or a moan. He just barked at whoever asked him any questions. A psychiatrist observed his barking and said that he seemed to suffer from aphasia. So it seemed that he wasn't just barking, but that he was trying to express something through barking, that he was replacing human words with barking. But, of course, no one could understand him. In the end, he was transferred to the prison hospital. But, Gyu-sik didn't think Yeong-bae was crazy. Yeong-bae just wanted to be a dog instead of a human being. He just wanted to return to the Happy Dog School. He just wanted to live, painting his soul picture over the well.

Translated by Jeon Seung-hee

「교도소에서 어떤 사람을 하나 만났는데, 나한테 정말 잘해줬어. 그 사람이 먼저 출감하면서 꼭 한번 찾아오라고 했었어. 영등포로 갔어. 그 사람이 술을 사 줬어. 그런데, 그 사람 말이……날 더러 강도질을 같이 하자는 거야. 내가 귀가 좋으니까 다이얼식 금고를 여는 데는 내 귀만 있으면 그만이라면서. 기가 막혔어. 여자를 사 주겠다고 같이 가자는 걸 뿌리쳤어. 버스를 타기 위해 정류장에 서 있다가 그만 길바닥에 쓰러지고 말았어. 얼마나 지났을까. 눈을 떴는데 그 거리의 풍경……. 어디선가 요란하게 음악소리가 터져 나오고 있었어. 밤이 깊어 거리에는 광고등, 자동차 헤드라이트, 가로등, 네온사인이 번쩍거리고……. 나는 여전히 길바닥에 누워서 그것을 바라보았어. 차들은 줄줄이 나타나서 빵빵거리며 번쩍거리며 치달리고, 사람들이 분주히 달려가고 오고, 노점에 몰려들어 물건을 흥정하고 사고……. 그 많은 사람들이 하나같이 나에게는 눈길 한 번 주지 않았어. 내가 보이지 않는 것처럼. 나라는 사람이 거기 누워 있지 않은 것처럼. 그저 가게로 가서 물건을 사고, 버스로 달려가서 올라타고, 택시를 소리쳐 부르고……. 불현듯 아아, 이게 아니다, 하는 생각이 들었어. 이런 건

사는 게 아니다. 이건 엉터리다. 며칠 뒤부터 나는 막노동을 했어. 집을 짓는 공사였어. 공사가 다 끝났는데도 돈이 나오지 않았어. 십장이 우리에게 술을 사 주었어. 모두 같이 집주인에게 찾아가서 돈을 내놓으라고 한바탕 고함을 질러야 한다고 했어. 모두 같이 집주인을 찾아갔어. 집주인은 부도가 나서 달아나고 여자하고 아이들뿐이었어. 나는 정말 고함이나 지르는 건 줄 알았는데, 그게 아니었어. 서로 오간 말은 몇 마디뿐이었어. 그 다음부터는 깨부수는 것이었어. 그 집 창문, 화분, 텔레비전, 라디오, 이불, 소파, 탁자, 그릇……모두 깨고 부수고 찢고……. 나도 그랬어. 나도 모르는 사이에 덤벼들어서 깨고 부수고 집어던지고 있었어……. 그러다가 어느 순간 불현듯 아아, 이게 아니다, 하는 생각이 들었어. 이런 건 사는 게 아니다. 이건 살림살이가 아니다. 이건 세상이 아니다. 세상이 버린 곳이다. 버림받은 곳이다. 이건 폐허다. 이건……엉터리다. 세상에 이렇게 사는 짐승은 아무도 없다…….」

사동 복도 멀리에서 찌르릉, 문소리가 들렸습니다. 김영기가 재빨리 식구통으로 가서 밖의 동정을 살폈으나, 복도에서는 더 이상 아무런 소리도 기척도 없었습니다.

사동 전체에 정적만이 감돌았습니다. 자살사건이 발생했다는 소식은 다른 감방에까지 퍼져나간 지 오래였고, 그리하여 사동 전체가 불안 속에서 교도소 당국의 대응을 기다리고 있었습니다.

「세상은 그곳뿐이었어. 그곳, 〈행복한 개 학교〉. 그런데, 그곳이 어떤 꼴이 되었는지를 생각하니까……. 콩쥐, 팥쥐, 꺽정이, 길동이, 양길이, 견훤이, 서동이, 선화가 어떻게 되었는지를 생각하니까……. 정력 보신탕집으로 갔어. 그래선 안 되는데. 어디에선가 우리 길동이가 그러지 말라고 울부짖는 소리를 들었어야 했는데.」

사람들은 그 다음 이야기가 이어지기를 기다리고 있었습니다. 그러나, 영배는 이미 저 깊고 깊은 혼수 속으로 미끄러져 들어간 듯 보였습니다. 사람들이 그 다음 얘기를 듣기를 포기하고 여기저기에서 부스럭거리기 시작했을 때에 그가 다시 입을 열어 중얼거렸습니다.

「이건……사는 게 아니야.」

복도에서 절그럭절그럭 하는 소리와 저걱저걱 하는 소리 들이 들려오기 시작했습니다. 여전히 식구통 옆에서 있던 김영기가 밖을 내다보며 말했습니다.

「보안과 교도들이야. 한 떼거리가 들어오는데.」

정태선은 제기랄 재수 더럽네, 하고 투덜거렸습니다. 그는 담배 장사가 발각이 날지도 모른다는 것을 두려워하고 있었습니다. 권 집사는 권 집사대로 똥별과의 남색 관계가 들통이 나서 똥별의 자살에 대해 책임을 뒤집어써야 할지도 모른다는 것이 두려웠습니다. 그 밖의 사람들도 모두 방이 깨지는 것을 두려워하고 있었습니다. 더구나 이 방은 그런대로 살기 좋았던 범털 방이었던 것입니다. 아니, 그들은 그저 두려웠습니다. 걸릴 것이라고는 전혀 없는 사람들마저 가슴이 조마조마했습니다.

「온다.」

짤막하게 외치며 김영기가 식구통 앞에 재빨리 앉자마자 덜컹, 요란한 소리와 함께 감방 문이 열리고, 교도관들이 감방 안으로 쏟아져 들어왔습니다.

「검방(檢房)이다. 모두들 끌어내.」

교도관들이 곤봉으로 그들을 위협하며 밖으로 밀어냈습니다. 정태선은 진땀으로 번들거리는 얼굴을 들고 교도관들의 얼굴을 재빨리 살폈습니다. 그러나, 그가 찾는 얼굴은 보이지 않았습니다. 어서 나가, 이 자식아.

곤봉이 그의 어깨를 내리쳤습니다. 비명과 함께 쓰러졌던 태선은 곧 다시 일어나 엉금엉금 기어 복도로 나갔습니다. 다시 곤봉이 그를 내리쳤습니다. 이 새끼야, 엎어져. 엎어지란 말이야. 대가리 처박아. 눈 감아. 눈깔 돌리는 새끼는 눈깔을 뽑아 버린다. 여기저기에서 퍽퍽, 소리와 함께 비명과 신음이 터져 나왔습니다. 구둣발이 그들의 가슴과 등을 걷어찼습니다. 교도관들은 그들을 복도에 모두 엎어 놓은 다음, 방으로 들어가서 수색을 시작했습니다. 이불을 모두 뜯어냈습니다. 그들의 보따리도 모두 뜯겨 나가 물건들이 바닥에 흩어졌습니다. 교도관들은 뒷간의 변기 밑바닥까지 살폈습니다. 마룻장을 들어내기까지 했습니다. 담배가 나오고, 포장도 뜯지 않은 속옷 뭉치가 쏟아져 나오고, 유리조각과 바늘과 실과 빨지 않은 속옷과「날도 치운데 그 안에서 얼마나 고생이 많으신가요……」로 시작되는 엽서와 편지와 연필 토막과 사진과 먼지와 빵조각과 고추장, 김치, 된장, 조미료가 쏟아져 나왔습니다. 규식은 차가운 콘크리트 바닥에 엎어진 채 소나기처럼 쏟아지는 욕설과 곤봉과 구둣발 속에서 생각했습니다. 이건 정말 사는 게 아니로구나.

그땝니다. 갑자기 옆에 엎어져 있던 심영배가 벌떡 일어섰습니다. 넌 뭐야, 이 새끼야? 엎어져! 교도관이 고함을 질렀습니다. 크르르르. 심영배가 으르렁거렸습니다. 그는 모든 이빨을 드러내고, 잇몸까지 드러내고, 시뻘겋게 충혈된 얼굴을 있는 대로 찌푸리고 짖어대기 시작했습니다. 컹컹. 복도에 그가 짖어대는 소리가 메아리쳤습니다. 규식은 생각했습니다. 그래. 물어. 물어버려, 그 새끼들을. 교도관이 영배 앞으로 다가섰습니다. 그는 다짜고짜 곤봉으로 영배의 얼굴을 내리쳤습니다. 대번에 이마가 깨어져 피가 흘러내렸습니다. 영배는 그러나, 계속해서 으르렁거리고 있었습니다. 방을 수색중이던 교도관들이 복도로 쏟아져 나왔습니다. 이 새끼 미친 거 아냐. 컹컹. 영배는 눈을 번득이며 그들에게 짖어댔습니다. 교도관들이 일제히 곤봉을 뽑아 들고 그에게 덤벼들었습니다. 규식은 더 이상 영배가 으르렁거리는 소리를 들을 수 없었습니다. 곤봉이 목표물을 타격하는 둔탁한 소리들, 그리고 죽여버려, 밟아, 하는 고함소리들뿐이었습니다.

8

그들의 방은 깨졌습니다. 정태선은 담배 장사가 발각이 나서 가장 마지막까지 조사를 받은 끝에 온몸을 포승줄로 결박당하고 등 뒤로 수갑까지 채워져 징벌방에 갇혔습니다. 그러나, 그에게 담배를 대어 준 비선이 누구였는지는 끝내 밝혀지지 않았습니다. 그것은 정태선의 입이 무거웠기 때문인지도 모르고, 보안과 교도관들이 그 점에 대해서는 악착같이 추궁을 하지 않았기 때문인지도 모릅니다. 권 집사는 똥별과의 남색 관계가 탄로 나서 역시 징벌방에 감금되었습니다. 나머지 사람들은 심영배를 제외하고는 한 사람씩 따로따로 다른 방으로 옮겨져 감금당했습니다.

심영배는 조사를 받으면서도 계속해서 짖어대고 으르렁거렸습니다. 교도관들은 그에게서 사람의 말은 단 한마디도, 비명이나 신음 소리 한마디도 들을 수 없었습니다. 누가 무슨 질문을 해도 그는 다만 개처럼 짖어댈 뿐이었습니다. 영배가 짖어대는 것을 관찰한 정신병원의 한 의사는 그가 실어증에 걸린 것 같다, 그래서 단순히 짖어대는 것이 아니라 그렇게 짖어댐으로써 무슨 의사를 표현하려고 하는 것 같다, 짖어대는 것으로 인간의 언어를 대신하고자 하는 것 같다고 말했습니다. 그러나, 물론 그 짖어대는 것이 무슨 말인지를 알아들을 수 있는 사람은 없었습니다. 결국 그는 정신병 환자라는 진단을 받아 병동으로 옮겨 수감되었습니다. 그러나, 규식은 영배가 미쳤다고 생각하지 않습니다. 그는 다만 사람이 아니라 개가 되고 싶은 것뿐입니다. 사람이 아니라 개가 되어 저 〈행복한 개 학교〉로 돌아가고 싶어 하는 것뿐입니다. 다시 저 우물 위에 영혼의 그림을 그리며 살고 싶은 것입니다.

『내 영혼의 우물』, 고려원, 1995.

해설

Afterword

비루한 지상에서 빛나는 영혼의 우물

서영인 (문학평론가)

"이건 세상이 아니다." "이런 건 사는 게 아니다."

최인석이 보는 세상은 이미 지옥이며 폐허다. 거기에 사는 인간은 짐승처럼 겨우 하루하루의 삶을 연명해 나가고 있을 뿐이다. 사람들은 서로 죽이고 죽으며, 속이고 속으면서 살아간다. 때리고 맞고, 모욕하고 모욕당하면서, 잔인하게 지배하고 비굴하게 굴복하면서, 살아남기 위해서는 어쩔 수 없다고 변명하고, 남을 짓밟지 않으면 스스로 몰락할 수밖에 없다고 악을 쓰면서, 이것이 사는 것이라고 말한다. 그러나 "세상에 이렇게 사는 짐승은 아무도 없다."

지옥이자 폐허인 이 세계, 그 속의 악몽 같은 삶을 드

A Well of Souls Shining on the Lowly World

Seo Yeong-in (literary critic)

"This is not a human world."

"This is not life."

To Choi In-seok, the human world is hell and ruin. Humanity lives like the animals, eking out a scant existence. People kill and are killed. They deceive and are deceived. They beat and get beaten, insult and get insulted, oppress and are oppressed; they excuse themselves by saying that's the only way to survive and then cry when they're ruined themselves. They claim that's just life. But to Choi, "no animal lives like this."

In Choi's short story, "A Well in My Soul" the narrative takes place in a prison in order to expose the

러내기 위해 「내 영혼의 우물」이 선택한 장소는 감옥이다. 소설가로 등단하기 이전에 이미 뛰어난 희곡 작가였던 최인석은 상징적인 공간 구축에 능한 작가이다. 사기꾼, 절도범, 강간범, 살인자가 모여든 감옥은 이 세계의 생김생김을 압축적으로 형상화한 상징적 공간이다. 그러므로 감옥은 이미 이 세상이다. 자신의 이익을 위해 다른 사람을 속이고, 더 잘 살기 위해 남의 것을 빼앗으며, 자신의 욕망을 채우기 위해 다른 사람의 욕망을 짓밟는 세계, 강자에게는 뇌물을 바치고 약자에게는 폭력을 가하는 세계, 이 세계가 감옥과 무엇이 다른가.

그러므로 감옥이 이 세계의 폭력과 타락이 재현되는 장소라는 것은 이상하지 않다. 감옥에서도 범털과 개털이 나뉘며 사기와 협잡이 있고 폭력과 모욕이 있다. 감방장은 간수와의 뒷거래로 감옥에서 담배장사를 하며, 사기로 복역 중인 권 집사는 힘없는 수인을 협박하여 자신의 욕망을 채우려 든다. 사기, 뒷거래, 폭력, 남색이 아무렇지도 않게 자행되는 세계, 부끄러움도 죄의식도 없이 인간이 인간을 파괴하고 그리하여 스스로 인간이기를 포기하는 세계, 그것이 이 세상을 압축해 놓은 감옥이라는 공간이다. 형기를 마칠 때까지 감옥에서 나갈

world as hell and ruin, in order to reveal the nightmarish nature of our lives in this world. A playwright before he became a novelist, Choi has a special talent in creating symbolic spaces. Prison, with its assortment of grifters, burglars, rapists, and murderers, is an appropriate space to symbolize the wider outside world, a microcosm of the world as a whole. To Choi, after all, the world is a prison. If the world is a place where people deceive each other for their own gains, take away each other's possessions for the sake of their own wealth, trample each other's desires to fulfill their own, and bribe the mighty while inflicting violence on the weak, how is the world all that different from a prison?

Not surprisingly, the prison in "A Well in My Soul" fully replicates the violence and corruption of the outside world as Choi sees it. There's a division between Tiger Hair and Dog Hair. There's fraud and scamming, violence and abuse. The Chief sells cigarettes obtained through backdoor deals with the prison guards. Deacon Gwon intimidates a weaker inmate into servicing him sexually. A world in which its inhabitants casually commit fraud, under-handed deals, violence, and sodomy, where

수 없으므로, 이 지옥으로부터 벗어날 수 있는 길도 없다. 그리고 감옥 밖도 이미 감옥과 다르지 않다. 감옥이라는 공간을 선택함으로써, 여기에 세상의 모습을 투영하는 작가의 의도는 더욱 극적인 효과를 발한다. 세계는 지옥처럼 끔찍하고 여기의 삶은 용서할 수 없이 치욕적인데, 그 바깥은 없다.

권 집사에게 유린당한 수번 4624번 똥별은 지옥에서 나가기 위해 자살을 택한다. 권 집사의 남색 대상이 되었기 때문만은 아닐 것이다. 폭력에 굴복하여 권 집사의 이불 속으로 들어갈 수밖에 없었다는 것, 남색의 대가로 권 집사의 보호를 받는 거래를 피할 도리가 없었다는 것, 즉 폭력에 굴복했을 뿐 아니라 심지어 몸을 파는 인간이 되어 버렸다는 사실이 더욱 굴욕적이었을 것이다. 감옥 안에서, 이 감옥의 질서와 법 안에서는 인간이 될 수 없었으므로, 그는 인간으로 남기 위해 죽음을 택했다.

감옥이라는 폐쇄적 공간에 압축되어 있기 때문에 이 세계의 부정성은 극단적으로 강조된다. 도무지 용서할 수 없고 벗어날 수 없는 부정적 세계의 반대편에서 환상의 세계가 더욱 빛날 수 있는 것도 이 때문이다. 개처

people renounce their humanity by shamelessly and brazenly destroying the humanity of others—this is the prison as a microcosm of the outside world. The prisoners have no choice but to stay until their terms are completed; they have no alternative to this hell. And the world outside is no better or different. By setting the story in prison, the author accentuates the hellish character of our world as a reflection of the society. The world is as appalling and life in it is as unredeemable. There is no exit.

Inmate No. 4624, Dung Star, chooses suicide as a means of escape after he is sexually abused by Deacon Gwon. He doesn't do this simply because he has been abused and humiliated. The character Dung Star actually finds it humiliating to be forced under the covers of Deacon Gwon's bed and to have to trade sexual intercourse for Deacon Gwon's protection. But Dung Star feels the compounded shame of both yielding to violence and fully prostituting himself, albeit under extreme duress, even more strongly. He cannot defend his dignity as a human inside the prison, in the purview of the law and the order of the prison cell. Ultimately, he chooses death to remain human.

럼 짖고 개처럼 물어뜯는 수번 267번 심영배는 현실세계에서는 있을 수 없는 행동을 한다는 점에서 환상의 세계에 속해 있다. 그러나 "인간의 영혼이 울 때, 아파할 때, 슬퍼하거나 기뻐할 때도 소리가 난다."는 사실을 알고, "그 모든 소리를 듣고 반응"하는 개의 세계란 과연 환상의 세계일 뿐인가. 인간이 진정으로 꿈꾸고 소망했던 세계, 인간이기 위해 반드시 되찾아야 할 세계는 아닌가. 그 영혼의 세계를 잊었거나 버렸기 때문에 우리는 이 악몽 속에서 참담한 나날을 보내고 있는 것은 아닌가.

심영배와 그의 개들이 그리는 영혼의 그림이 더욱 아름다운 것은 이 세계가 부정과 타락으로 가득 차 있기 때문이다. 신뢰도 사랑도 존중도 없는 세계, 사기와 협잡과 폭력으로 가득 찬 세계의 한가운데에서 영혼이라는 말이 절실하게 빛난다. "우물 위에 개들의 눈에서 나온 불빛이 길게 꼬리를 끌며 어우러져 한 폭의 황홀한 그림이 되는" 장면, 밤에만 보이는 그 영혼의 그림들은 감옥 같고 악몽 같은 이 세상에서 인간이 되찾아야 할 가치가 무엇인지를 환상처럼 되비춘다. 최인석의 소설에서 환상은 이 지상에서 사라져 버린 가치들을 불러오

Additionally, the closed setting of prison emphasizes the injustice of modern society. Fantastical escapes shine brighter in contrast to the lawless, irredeemable, and inescapable world presented in "A Well in My Soul."

Inmate No. 267 Sim Yeong-bae, who barks and snaps at people like a dog, lives in a fantasy world and goes about the businesses of his life with no practical connection to reality. But is a world as seen through the eyes of a dog, where "a human being makes a sound when his spirit hurts and cries, or when he is sad or happy" and "a dog hears them" valuable as nothing but a fantasy? Isn't that a world we dream of, a world we must recover in order to live truly humanely? Aren't we, perhaps, living a sort of nightmare because we have forgotten or abandoned a world like Inmate No. 267's?

The picture Sim Yeong-bae and the souls of his dogs paint is beautiful one. Meanwhile, our present condition is full of vice and injustice. The word "soul" shines in the midst of a human world without love or respect, full of fraud and theft and violence. "The lights from the eyes of the dogs" that "trailed and crossed each other over the well, painting a fantastic picture, like a fireworks show"—that in-

기 위해 동원된다. 그리고 그 환상은 이 지상이 얼마나 불행한 곳인가를 가장 절실한 방식으로 일깨운다. 그리고 그때, 문득 깨닫는 것이다. 우리가 일상에서 잊고 살았던 '영혼'이라는 말이 얼마나 아름다운지를. 우리가 그 말을 얼마나 그리워하고 있었는지를.

delible nighttime image illuminates values human beings must recover in this prison-like, nightmarish world we currently inhabit. In *A Well in My Soul*, Choi mobilizes fantasy to summon values that have disappeared from this world. It is this fantasy that reminds us of how unhappy a place this world is. Through Choi's story, we are reminded once again how beautiful the word, "soul"—a word we may have forgotten—truly is, how urgently we miss that word now.

비평의 목소리
Critical Acclaim

많은 리얼리즘 작가들이 사실상 좌고우면에 들어선 그때, 최인석은 창작집 『내 영혼의 우물』로 대변되는 새로운 타입의 소설로 현실을 오히려 근본적이고 적극적으로 진단, 비판하는 일련의 작품을 발표해 나갔다. 이를 가능케 한 것은 알레고리라는 독특한 창작방법론이었다.

수사학을 배척하는 형해화된 리얼리즘 이론에 의해 위축된 리얼리즘 정신은 최인석에 이르러 새롭게 활성화되었다.

방민호

Around the time when many novelists of the realist tradition begin to waver, Choi In-seok published a series of stories that fundamentally, and vigorously diagnose and criticize our reality. The stories collected in *A Well in My Soul* illustrate this new type of storytelling, one based on Choi's unique adoption of the allegorical technique.

Choi In-seok has revitalized the spirit of realism, which had been skeletonized by the narrowly defined theory of realism that excluded any use of rhetoric.

Bang Min-ho

최인석 소설의 저 원한에 차고도 남루한 삶들에 대한 형상화가 리얼리즘적 재현보다는 그러한 재현에 대한 환상적인 왜곡의 형태로 드러나는 까닭이 있는 것이다. 그들을 '대표'할 만한 언어는 최인석 이전엔 드물었다고 해도 과언이 아니다. 달동네에서 태어난 주인공이나 작중인물들 상당수가 불구나 기형으로 태어나거나 또 말을 잃어버린 벙어리로 설정된 것도 그 때문이다. 그들에게 이 타락한 세상으로부터 체득할 수 있는 '정상적인' 언어란 없다 해도 좋기 때문이다.

복도훈

최인석의 리얼리즘 앞에 '마술적'이라는 수식어를 붙여도 좋으냐 마냐 하는 문제는 한참 지엽적인 문제이다. 허구를 기본문법으로 삼는 소설에서 환상장치는 결코 이물질이 될 수 없기 때문이다. 혁명적인 사태가 시원하게 전개되지 않는다는 것이 패배주의의 증거가 되지도 않는다. 리얼리즘의 최종 심급은 지배질서의 현실적 변화이며, 최인석의 환상장치들은 미친 지배질서에 둔감해진 이 시대의 감수성과 의식을 뒤흔들어 현실적 변화를 촉발하고자 적극적으로 동원되기 때문이다.

홍승용

There's a reason why Choi In-seok's depiction of those embittered and tattered lives we have long neglected deviates from a wholly realistic representation, finding its home in distorted, fantastic language instead. It is no exaggeration to say that the language "representing" them rarely existed before Choi. It is for this reason that characters from "moon villages" or from other locales in Choi's stories are born disabled, deformed, or mute. There is no "normal" language that they can learn in this depraved world.

Bok Do-hun

Whether or not the adjective "magical" should determine Choi In-seok's realism or not is not an essential question. Fantasy can never be an alien device in fiction. The absence of any revolutionary development in his stories do not mean that the realist Choi is also a defeatist. The ultimate goal of realism is to actually change dominant structures. Choi embraces the device of fantasy in order to promote actual changes by shaking the sensibilities and consciousness that have become insensitive to the madness of the dominant structures of our times.

Hong Seung-yong

최인석

최인석은 1953년 9월 17일 전라북도 남원에서 2남 4녀 중 차남으로 태어났다. 아버지는 지방신문의 기자였고 이후 논설위원까지 역임하였다. 이후 전주, 서울에서 학창시절을 보냈다. 문학에 꿈을 두기 시작한 것은 고교 시절부터였으며 문과 이과 선택을 놓고 부모와 갈등을 빚기도 했다. 1972년 대학에 진학했지만 기대했던 것과는 달리 국어국문학과에서 배운 것은 그렇게 많지 않았다.

작가로서의 출발은 희곡이 먼저였다. 1977년 신춘문예에 희곡을 투고한 것이 인연이 되어 당시 고려대 영어영문학과 교수였던 여석기 교수가 주도하는 '극작워크숍'에 참여하게 된다. '극작워크숍'에서 쓴 희곡 작품 「벽과 창」이 1980년 월간《한국문학》신인상을 수상하며 등단했다. 이후 다수의 희곡 작품을 무대에 올리며 극작가로 활발하게 활동했다. 1983년「어떤 사람도 사라지지 않는다」로 백상예술상 신인작가상, 1985년 영희연극상, 같은 해「그 찬란하던 여름을 위하여」로 대한

Choi In-seok

Choi In-seok was the second son in a family of two sons and four daughters, born in Namwon, Jeollabuk-do in 1953. His father was a reporter and later an editorial writer for a major local newspaper. He was educated in Jeonju and Seoul. He began nurturing his dream of becoming a writer in high school, and had to overcome his parents' protests and opposition during that time. He majored in Korean literature in college, which he entered in 1972. However, he does not consider his college education as having had much of a positive effect on his writing career.

He made his literary debut first as a playwright. His participation in a newspaper spring literary contest in 1977 led him to the Playwright Workshop, headed by Prof. Yeo Seok-gi in the Department of English Language and Literature at Korea University. He made his literary debut in 1980, when he won the monthly magazine *Hanguk-munhak* New Writer Award for *The Wall and the Window*, for which he worked at the Playwright Workshop.

민국문학상 신인작가상을 수상했다. 1988년 영화 「칠수와 만수」 시나리오로 대종상 각색상을 수상하는 등 다양한 분야에서 재능을 발휘했다.

소설가로서의 본격적인 출발은 1986년 《소설문학》 장편 공모에 『구경꾼』이 당선되면서부터였다. 희곡 작업과 병행하기도 했고 간간이 번역을 하기도 했지만 소설 창작에 주력하면서 전업 작가로 활동했고 현재까지 6권의 작품집과 10권의 장편소설을 펴낸 바 있다. 이 작품들로 그는 야만적 현실에 대한 분노와 저항으로 불타올랐던 1980년대, 개인의 내면과 욕망의 시대였던 90년대, 신자유주의가 불러온 천민자본주의의 극한을 드러낸 2000년대를 통과해 온 셈이다. 만만찮은 세월을 오로지 소설로 버텨온 그의 작품 세계는 한편으로는 이러한 시대와 흐름을 같이하지만, 또한 그 세월을 지켜온 시간만큼 더욱 근원적인 눈으로 세계와 인간을 향해 깊어졌다고 할 수 있다. 특히 『내 영혼의 우물』에서부터 본격적으로 소설에 도입된 환상의 세계는 변화된 현실을 형상화하는 새로운 방법적 모색이라는 점에서 문단의 주목을 받았고, 이후의 작가들에게도 많은 영향을 끼쳤다. 소설집 『내 영혼의 우물』로 1995년 제3회 대

For the next five to six years, his plays were performed on various stages. He won the 1983 Paeksang Arts Award for New Writers and the 1985 Yeonghui Drama Award for his play *Nobody Disappears*, and the 1985 Korea Literature Award for New Writers for his play *For That Splendid Summer*. He also won the 1988 Grand Bell Award for Best Adapted Screenplay for the movie *Chilsu and Mansu*.

He made his second literary debut, this time as a novelist, in 1986, when his novel *A Spectator* won the *Soseol-munhak* Novel Award. From that point on, he concentrated on writing stories and novels, producing ten novels and six story collections, all while continuing to write plays and translated foreign literature on the side. He wrote throughout a decade of popular anger and resistance against brutal regime in the 1980s, a decade of individual consciousness and desires in the 1990s, and a decade of extreme "pariah capitalism" in the neoliberal 2000's. Throughout these difficult periods, his novels have not only reflected the times that they were written in, but have also shown ever-deepening fundamental insights into our world and the nature of human beings. The introduction of fantasy into his novels, beginning with "A Well in My

산문학상을, 중편 「노래에 관하여」로 1997년 제8회 박영준문학상을, 소설집 『구렁이들의 집』으로 2003년 제8회 한무숙문학상을 수상했다.

Soul," attracted special critical attention as an attempt at a fresh technique to depict the changes in reality and society as a whole. His efforts in the genre of fantasy later greatly influenced works by other Korean novelists. He won the third Daesan Literary Award for his collection of short stories *A Well in My Soul* in 1995, the eighth Park Yeong-jun Literary Award for his novella *About a Song* in 1997, and the eighth Han Moo-sook Literary Award for his short story collection *A House of Snakes* in 2003.

번역 **전승희** Translated by Jeon Seung-hee

서울대학교와 하버드대학교에서 영문학과 비교문학으로 박사 학위를 받았으며, 현재 하버드대학교 한국학 연구소의 연구원으로 재직하며 아시아 문예 계간지 《ASIA》 편집위원으로 활동 중이다. 현대 한국문학 및 세계문학을 다룬 논문을 다수 발표했으며, 바흐친의 『장편소설과 민중언어』, 제인 오스틴의 『오만과 편견』 등을 공역했다. 1988년 한국여성연구소의 창립과 《여성과 사회》의 창간에 참여했고, 2002년부터 보스턴 지역 피학대 여성을 위한 단체인 '트랜지션하우스' 운영에 참여해 왔다. 2006년 하버드대학교 한국학 연구소에서 '한국 현대사와 기억'을 주제로 한 워크숍을 주관했다.

Jeon Seung-hee is a member of the Editorial Board of ASIA, is a Fellow at the Korea Institute, Harvard University. She received a Ph.D. in English Literature from Seoul National University and a Ph.D. in Comparative Literature from Harvard University. She has presented and published numerous papers on modern Korean and world literature. She is also a co-translator of Mikhail Bakhtin's ***Novel and the People's Culture*** and Jane Austen's ***Pride and Prejudice***. She is a founding member of the Korean Women's Studies Institute and of the biannual Women's Studies' journal ***Women and Society*** (1988), and she has been working at 'Transition House,' the first and oldest shelter for battered women in New England. She organized a workshop entitled "The Politics of Memory in Modern Korea" at the Korea Institute, Harvard University, in 2006. She also served as an advising committee member for the Asia-Africa Literature Festival in 2007 and for the POSCO Asian Literature Forum in 2008.

감수 **데이비드 윌리엄 홍** Edited by David William Hong

데이비드 윌리엄 홍은 미국 일리노이주 시카고에서 태어났다. 일리노이대학교에서 영문학을, 뉴욕대학교에서 영어교육을 공부했다. 지난 2년간 서울에 거주하면서 처음으로 한국인과 아시아계 미국인 문학에 깊이 몰두할 기회를 가졌다. 현재 뉴욕에서 거주하며 강의와 저술 활동을 한다.

David William Hong was born in 1986 in Chicago, Illinois. He studied English Literature at the University of Illinois and English Education at New York University. For the past two years, he lived in Seoul, South Korea, where he was able to immerse himself in Korean and Asian-American literature for the first time. Currently, he lives in New York City, teaching and writing.

바이링궐 에디션 한국 대표 소설 042
내 영혼의 우물

2013년 10월 18일 초판 1쇄 인쇄 | 2013년 10월 25일 초판 1쇄 발행

지은이 최인석 | **옮긴이** 전승희 | **펴낸이** 방재석
감수 데이비드 윌리엄 홍 | **기획** 정은경, 전성태, 이경재
편집 정수인, 이은혜 | **관리** 박신영 | **디자인** 이춘희
펴낸곳 아시아 | **출판등록** 2006년 1월 31일 제319-2006-4호
주소 서울특별시 동작구 흑석동 100-16
전화 02.821.5055 | **팩스** 02.821.5057 | **홈페이지** www.bookasia.org
ISBN 978-89-94006-94-9 (set) | 978-89-94006-05-5 (04810)
값은 뒤표지에 있습니다.

Bi-lingual Edition Modern Korean Literature 042
A Well in My Soul

Written by Choi In-seok | **Translated by** Jeon Seung-hee
Published by Asia Publishers | 100-16 Heukseok-dong, Dongjak-gu, Seoul, Korea
Homepage Address www.bookasia.org | **Tel**. (822).821.5055 | **Fax**. (822).821.5057
First published in Korea by Asia Publishers 2013
ISBN 978-89-94006-94-9 (set) | 978-89-94006-05-5 (04810)